la courte échelle

D1296232

Les éditions la courte échelle inc.
Montréal • Toronto • Paris

Denis Côté

Denis Côté est né en 1954 à Québec où il vit toujours. Il a étudié en communication et en littérature. Il a enseigné le français au collégial durant 3 ans. Depuis 1980, l'écriture est sa principale activité professionnelle.

Connu surtout comme écrivain en littérature jeunesse, il écrit aussi pour les adultes et collabore à des revues comme critique littéraire.

Ses romans lui ont valu plusieurs prix dont le Prix du Conseil des Arts et le Grand Prix de la science-fiction et du fantastique québécois. Certains de ses livres ont été traduits en anglais, en néerlandais et en danois. *La révolte des Inactifs* est le douzième livre pour les jeunes qu'il publie.

Du même auteur, à la courte échelle

Collection Roman Jeunesse

Les géants de Blizzard

Série Maxime:
Les prisonniers du zoo
Le voyage dans le temps
La nuit du vampire

Collection Roman+

Série des Inactifs:
L'idole des Inactifs

Les éditions la courte échelle inc.
5243, boul. Saint-Laurent
Montréal (Québec) H2T 1S4

Illustration de la couverture:
Daniel Sylvestre

Conception graphique:
Derome design inc.

Révision des textes:
Monique Herbeuval et
Odette Lord

Dépôt légal, 1er trimestre 1990
Bibliothèque nationale du Québec

Une subvention du ministère des Affaires culturelles du Québec
a été accordée à l'auteur pour la rédaction de ce roman.

Données de catalogage avant publication (Canada)

Côté, Denis, 1954-

La révolte des Inactifs

(Roman+; R+7)
Pour les jeunes à partir de 13 ans.

ISBN 2-89021-127-4

I. Titre.   II. Collection.

PS8555.O83R48   1990   jC843'.54   C89-096513-7
PS9555.O83R48   1990
PZ23.C67Re   1990

Denis Côté

La révolte
des Inactifs

Ville de Lost Ark

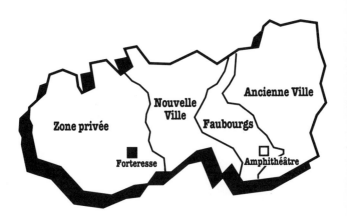

Avant-propos

Nous sommes en 2013, à Lost Ark, capitale du Freedom State. Le Freedom State se trouve sur la côte ouest des États-Unis.

De la Zone privée où il se cache, David Swindler exerce un pouvoir occulte et monstrueux sur une partie de la planète.

Mais Swindler n'est plus un homme. L'équipe de techniciens qui s'occupe de lui dans la Forteresse l'appelle désormais l'Entité symbiotique.

Même Paperback, son secrétaire, a peur de lui.

Dans l'Ancienne Ville soumise à la terreur des Gardiens et des Carabiniers, les Inactifs survivent de plus en plus difficilement.

Et les Actifs de la Nouvelle Ville sont peu à peu remplacés par des robots.

Les robots! Ces machines à forme humaine qui peuvent travailler à la place des gens, peu importe le secteur d'activité.

Partout à Lost Ark, la révolte gronde.

Chez les Inactifs surtout, la rébellion s'organise. Shade, principale leader des conjurés, est une femme à l'autorité glaciale. Parmi les rebelles, John est le seul à se méfier d'elle.

Condamnée à mort par David Swindler, la journaliste Virginia Lynx a dû s'enfuir dans l'Ancienne Ville. Elle souhaite y retrouver Michel Lenoir, le meilleur joueur de hockey du monde, le hockeyeur aux cheveux d'ange, l'idole des Inactifs. Aux yeux de tous, Michel est pourtant le plus puissant et le plus dangereux complice de David Swindler.

Mais la journaliste de *La Mère l'Oie* a fait une importante découverte. Depuis trois ans, le Michel Lenoir que l'on voit sur la patinoire des Raiders est un robot!

Le vrai Michel Lenoir n'aurait jamais accepté de collaborer avec ceux qui font régner l'injustice.

Chapitre 1

L'Entité symbiotique

Seule désormais.

Voilà comment se sentait Virginia Lynx depuis qu'elle errait par les rues de l'Ancienne Ville. Même si ce quartier délabré de Lost Ark était habité par des millions de gens, elle y était aussi isolée que sur une île déserte.

Andreas Karadine, le chauffeur de taxi, l'avait déposée quelques heures auparavant près de la clôture qui séparait l'Ancienne Ville des Faubourgs. Depuis, elle marchait sans but précis, attentive à tout ce qui se passait autour d'elle, résignée et triste.

Qu'était-il advenu de Thomas, le rédacteur en chef de *La Mère l'Oie?* Le Sherlock qui avait fait irruption dans son appartement l'avait-il tué? Thomas était-il en train d'agoniser sur un lit d'hôpital? Elle ne le saurait peut-être jamais, de même qu'elle ignorerait probablement le sort de ses collègues blessés lors de l'explosion au journal.

Elle ne connaissait personne ici, et personne sans doute ne la connaissait. Elle ne savait où aller, à qui demander de l'aide.

Malgré le poids de leur misère, les Inactifs s'étaient organisés efficacement au fil des années. Des communautés s'étaient établies un peu partout. Des bandes de nomades s'étaient formées. Le moindre espace libre avait été investi, puis transformé ingénieusement en un lieu habitable.

L'Ancienne Ville était une gigantesque ruche où bourdonnaient des millions d'insectes humains. Une ruche qui ne produisait rien toutefois, peuplée d'abeilles qui se démenaient dans l'unique but de survivre.

Virginia y était une étrangère.

Et en tant qu'étrangère, on la regardait avec suspicion. Les passants s'écartaient même parfois de son chemin comme si elle souffrait d'une maladie contagieuse.

Au fur et à mesure que le soleil déclinait dans le ciel, la peur de Virginia augmentait.

Comment se débrouillerait-elle pour passer la prochaine nuit? Le couvre-feu imposé par la Loi d'urgence l'obligerait à se cacher, mais où donc trouverait-elle un abri dans ce quartier surpeuplé? De temps à autre, elle regrettait d'avoir fui la Nouvelle Ville, mais elle finissait toujours par se raisonner.

David Swindler les avait tous condamnés à mort, elle, Virginia Lynx, ainsi que les autres journalistes de *La Mère l'Oie*. Rester là-bas aurait signifié se livrer à son bourreau.

Non, elle avait bien fait de s'enfuir.

L'Ancienne Ville était son seul recours. À présent, Virginia savait que Michel Lenoir n'avait pas quitté ce quartier trois ans plus tôt, qu'il n'était jamais revenu chez lui.

Condamné lui aussi par David Swindler, l'homme le plus puissant du Freedom State, Michel était demeuré parmi les Inactifs. L'équipe des Raiders l'avait frauduleusement remplacé par un robot à son image. Quant aux messages où il incitait la population à l'obéissance, il s'agissait également d'une substitution. Swindler avait voulu faire croire à tous que Michel était devenu son porte-parole.

Les probabilités étaient grandes pour

que Michel soit mort à l'heure actuelle. Comme il pouvait tout aussi bien être vivant. Si tel était le cas, Virginia était résolue à le retrouver. Mais comment chercher un homme dissimulé parmi des millions d'autres?

La nuit était presque tombée lorsqu'un petit groupe surgit de la foule et se dirigea vers elle. Elle s'arrêta, effrayée.

Les cinq hommes marchaient rapidement, leurs regards fixés sur elle afin de ne pas la perdre de vue. Qui étaient-ils? Des voleurs qui la dépouilleraient de ses vêtements pour les revendre au marché noir? Des Gardiens ou des Carabiniers déguisés en Inactifs? La terreur s'empara d'elle.

Elle se mit à courir sans regarder où elle allait. Des cris éclatèrent. En entendant les bruits de course derrière elle, elle sut qu'elle était poursuivie.

Désespérément, elle tenta de se frayer un chemin à travers la foule épaisse. C'était inutile. Elle changea de direction et courut vers l'entrée d'un building. Ses poursuivants l'interpellaient, mais elle ne saisissait pas leurs paroles. Ils étaient déjà tout près.

Comprenant qu'elle ne leur échapperait

pas, elle chercha des yeux un objet qui lui servirait d'arme. Elle ne trouva rien. Au moment où elle s'engouffrait dans l'édifice, l'un des poursuivants se jeta sur elle et la fit tomber. Elle se débattit de toutes ses forces, mais elle succomba bientôt sous le nombre.

— Madame Lynx, dit l'un des hommes. Nous ne vous voulons aucun mal! Nous sommes avec vous!

Méfiante, Virginia les examina avec plus d'attention. Ils ressemblaient à de véritables Inactifs et ne paraissaient pas avoir d'intention malveillante.

— Que voulez-vous de moi?

Celui qui avait déjà parlé adressa un signe aux autres. Ils la relâchèrent. Virginia se redressa péniblement.

— Nous sommes venus vous offrir un abri. Vous n'avez rien à craindre.

Elle les regarda de nouveau sans comprendre.

— Qui êtes-vous?

L'homme sourit.

— Quelqu'un répondra à toutes vos questions. En attendant, le mieux serait de nous suivre.

Virginia mit peu de temps à se décider.

De toute façon, avait-elle vraiment le choix?

Escortée par ces inconnus, elle se sentait bien sûr leur prisonnière. Cependant, elle ne pouvait s'empêcher d'éprouver un certain soulagement devant la tournure que prenaient les événements.

***

Paperback venait d'être convoqué par l'Entité symbiotique Swindler.

C'était la première fois que cela se produisait en trois ans et, d'après Paperback, c'était de fort mauvais augure. Habituellement, les volontés du maître lui étaient présentées par les techniciens en sarrau blanc.

Paperback n'avait d'ailleurs aucune considération pour eux. Le secrétaire de Swindler n'aimait tout simplement pas les gens qui en savaient plus que lui. Depuis qu'il avait perdu sa relation privilégiée avec le grand patron et que les scientifiques l'avaient plus ou moins remplacé, il avait une raison supplémentaire de les haïr.

Auparavant, David Swindler avait un caractère exécrable. Maintenant, transformé en Entité symbiotique, il n'avait malheureusement pas changé.

Dans l'ascenseur qui le menait jusqu'à l'antre de son patron, Paperback se demandait avec terreur s'il avait fait quelque chose de répréhensible. Ses jambes flageolaient lorsqu'il fut introduit dans la régie de surveillance.

Avant d'accorder un regard aux scientifiques qui occupaient la pièce, il consulta le plus grand des écrans témoins, celui qui donnait une vue d'ensemble de l'Entité symbiotique. Le spectacle, qu'il ne voyait pourtant pas pour la première fois, le fit frémir.

L'énorme amas gélatineux était soutenu par une structure métallique parsemée de voyants de différentes couleurs. Les flancs de cette étrange montagne supportaient çà et là des quartiers de quartz qui émettaient parfois des lueurs fugitives. Des câbles de raccordement sortaient à divers endroits, comme des artères qu'on aurait mises à nu pour les besoins d'une monstrueuse vivisection.

Dégoûté, Paperback s'empressa de regarder ailleurs. Le scientifique qui l'avait escorté jusqu'à la régie lui expliqua les motifs de la convocation.

— L'Entité veut vous parler seul à seul. Si je puis me permettre, je dirais qu'elle n'est pas de très bonne humeur.

— Je vois, dit Paperback dont le malaise venait de monter d'un cran.

— Vous n'aurez rien d'autre à faire qu'à écouter et répondre à ses questions. Lorsque l'Entité veut communiquer avec nous, les influx nerveux produisant la subvocalisation sont sélectionnés par un synthétiseur, et le message est reproduit par le canal d'une voix artificielle.

D'un signe de tête, Paperback lui fit croire qu'il avait compris.

L'équipe de surveillance quitta la pièce, et il se retrouva seul avec son appréhension. Dans le local parfaitement insonorisé, le silence était si pur que Paperback entendait battre son coeur.

Après une brève attente, l'amplificateur commença à lui retransmettre la voix de David Swindler. Son timbre était le même qu'avant, et cette voix artificielle disposait de la même gamme d'intonations que celle des êtres humains. Tout de suite, Paperback nota que l'Entité contenait difficilement sa fureur.

— Paperback!

— Oui, monsieur Swindler?

— Il est vrai que nous avons très rarement eu l'occasion de dialoguer depuis quelque temps. N'empêche que c'est toi qui me connais le mieux ici. Tu es mon secrétaire depuis des années et, en principe, tu devrais être au courant de tout ce qui est susceptible de me causer du souci. Est-ce que je me trompe?

— Je n'ai rien oublié de cette époque où je vous secondais, monsieur Swindler. Mais à présent, je suis si rarement en contact avec vous que...

— Ça suffit, Paperback! Ma nouvelle structure a fait de moi un être comme il n'en existe nulle part ailleurs en ce monde. Mais, au fond, je n'ai pas changé. Mes préoccupations sont demeurées les mêmes.

Il y eut un silence pénible. Embarrassé, Paperback se demanda si Swindler attendait une réaction de sa part ou s'il réfléchissait simplement. Il fut soulagé quand la voix se fit de nouveau entendre.

— Tu te souviens, Paperback, de ce qui me préoccupait avant ma transformation? Tu te souviens de tout?

Cette question ressemblait drôlement à un piège. Brusquement affaibli, Paperback reluqua le fauteuil pivotant qui se trouvait à deux pas, mais il n'osa pas s'y asseoir.

Il tenta de ruser, lui aussi.

— Je crois me souvenir de tout, en effet, monsieur Swindler. Il se peut cependant que j'aie oublié certains détails. Si c'est le cas, auriez-vous l'extrême obligeance de...

— Assez! Ta tâche est de me servir, Paperback. Ce n'est pas à moi de te rappeler constamment de quelle façon tu dois le faire. Allons droit au but maintenant. Dis-moi où tu en es à propos de Michel Lenoir.

Voilà donc à quoi Swindler voulait en venir! Paperback promena un regard désespéré à travers la pièce, cherchant quelqu'un qui assumerait la responsabilité de l'affaire avec lui.

Coincé dans cette régie, il se sentait rejeté par l'espèce humaine tout entière et offert en sacrifice à un dieu hostile. Les appareils inconnus qui l'entouraient semblaient l'observer avec réprobation, n'attendant qu'un signe pour se jeter sur lui.

— Je suis toujours sans nouvelles de Michel Lenoir, monsieur.

— Cela, je le savais. Car s'il y avait eu du nouveau, je présume que tu te serais empressé de m'en informer. Tu es d'accord?

— Vous ne vous trompez pas, monsieur. Conformément à vos instructions, mon devoir est de vous informer de tout nouveau développement en ce qui concerne Michel Lenoir.

— Non, Paperback! Mes instructions ne se limitaient pas à cela. Je t'avais ordonné de me faire parvenir régulièrement un rapport sur vos recherches. Et je n'ai plus rien reçu depuis des mois, Paperback! Cette omission est inexcusable!

— Il y a une raison à ça. Les recherches effectuées par les Gardiens dans l'Ancienne Ville sont infructueuses. J'ai cru inutile de continuer à vous envoyer des rapports qui diraient toujours la même chose.

— Que veux-tu dire?

— Depuis sa fuite, Michel Lenoir est introuvable. Il a disparu sans laisser de trace. Les Gardiens font du bon travail, mais ce n'est la faute de personne si Michel a réussi à nous échapper. Depuis quelque temps, nous avons tendance à croire que Michel a quitté Lost Ark et même le Freedom State. Nos agents sont à sa recherche à travers les États-Unis.

— Essaierais-tu de me prouver ton inefficacité et celle de ma police?

— Non, monsieur, la question n'est pas là. Si Michel n'a pas trouvé refuge à l'étranger, c'est qu'il vit toujours dans l'Ancienne Ville. Et dans ce cas, il n'existe qu'une explication au fait que nous ne soyons pas encore parvenus à le trouver.

— Quelle est cette explication?

— Michel jouit probablement de la protection d'un groupe organisé d'Inactifs. Vous le savez, les sectes et les regroupements de toutes sortes pullulent dans l'Ancienne Ville. En plus des conjurés, il y a les Adorateurs de Kadar, les Mages, le mouvement Zen Rouge, etc. Michel est protégé par un de ces groupes, j'en mettrais ma main au feu.

— Belle démonstration d'éloquence, Paperback. Je suis content de voir que mon secrétaire ne s'est pas ramolli avec le temps. Bravo! Seulement, avec moi, les mots ne suffisent plus. Ma patience a atteint ses limites. Écoute-moi bien.

Paperback se figea.

— Michel Lenoir doit être retrouvé dans les plus brefs délais. Retrouvé et châtié! Il y a trois ans, ce garçon a commis un acte qui ne doit pas rester impuni plus longtemps. Il s'est violemment insurgé contre mon autorité, il a défié les règles que j'avais établies, il a rejeté le pouvoir que je représente.

— Oui, mais je...

— À cause de tout cela, Paperback, je ne peux plus supporter la pensée qu'il soit encore vivant. Je compte sur toi pour régler ce problème le plus rapidement possible. Sinon...

À la suite de cette phrase laissée en suspens, Paperback éprouva l'angoisse du condamné devant le peloton d'exécution. Mais les fusils pointés sur son coeur gardèrent le silence. Swindler jugeait sans doute qu'une menace est plus terrifiante lorsqu'elle reste informulée.

— J'ai compris, monsieur Swindler.

— Je n'en doute pas, Paperback.

Lorsque Paperback eut réintégré son bureau et pris place dans son fauteuil, ce fut comme s'il venait de passer dix jours sans dormir et qu'il retrouvait enfin le chaud confort de son lit.

Il songea à démissionner, puis se rappela qu'on ne donnait pas sa démission à David Swindler. Quand on travaillait pour lui, on n'avait pas le choix: il fallait obéir à ses ordres.

Paperback choisit de continuer à vivre, mais il se demandait pendant combien de temps il y parviendrait.

Chapitre 2

La couleur du soleil

Maussade, John écoutait le discours enflammé que Shade était venue leur servir encore une fois. La leader des rebelles était rayonnante. Elle souriait avec cette conviction farouche que seule la lucidité ou la folie peut procurer.

Au début de l'après-midi, elle s'était présentée fièrement devant sa communauté, accompagnée d'autres rebelles transportant une caisse bourrée d'armes. Ça n'avait pas dû être facile d'apporter la caisse jusque-là sans se faire intercepter par une patrouille, mais certains rebelles étaient passés maîtres dans ce type d'opération.

Shade avait demandé qu'on éloigne les

enfants, et quelques membres de la communauté avaient dû quitter l'immeuble pour aller se promener avec les petits.

Au cours des heures suivantes, les compagnons et les compagnes de John avaient été initiés au maniement des pistolets, fusils automatiques, mitraillettes, grenades à main. Pour les aider à apprivoiser ces objets de mort, Shade leur disait que l'heure du soulèvement était toute proche.

Selon elle, la violente manifestation survenue récemment dans la Nouvelle Ville signifiait que les Actifs étaient prêts à se battre, eux aussi. Elle expliquait que, depuis quelques jours, les diverses cellules de conjurés qui parsemaient Lost Ark maintenaient un contact presque permanent entre elles. La rébellion avait acheté ou volé suffisamment d'armes pour affronter avec assurance les forces de l'oppression.

La vue des objets meurtriers donnaient aux slogans mille fois entendus une résonance nouvelle. Les rebelles écoutaient Shade avec plus d'intérêt encore qu'auparavant. Ils retrouvaient des émotions qui s'étaient endormies durant ces longues années de préparation.

John n'avait touché à aucune arme. Il se

tenait même à l'écart. Il n'osait plus regarder ses compagnons, car il avait décelé chez eux l'approbation et la fougue que Shade attendait, et cet appui enthousiaste aux vues de Shade les conduirait à la mort, il en était certain.

Accroupi dans un angle de la pièce, il portait toutefois à Shade une attention extraordinaire. Il se croyait même le seul à comprendre le vrai sens de ses paroles, à imaginer les actes qu'elles impliquaient, à anticiper la fureur qu'elles annonçaient. La docilité et la naïveté de ses amis lui faisaient pitié.

Cette fois, John ne pouvait plus se taire et faire semblant de croire. Il fallait qu'il parle, quitte à être sévèrement puni par la suite.

Il se leva sans un mot et attendit qu'on lui donne la parole. Shade interpréta ce geste comme un défi. Elle lui adressa un regard chargé d'agressivité, sinon de haine.

— Tu as une question, John?

— Pas de question, non. Mais j'ai quand même quelque chose à dire.

— Parle.

— C'est très simple. Je crois que le pouvoir que nous nous préparons à combattre est trop fort pour nous.

Voyant que Shade ne bronchait pas, il reprit:

— Vous dites que nous avons assez d'armes maintenant pour nous lancer dans la bataille. Qu'est-ce que ça veut dire, ça? Que nous sommes équipés pour fournir à chacun d'entre nous un pistolet, une mitraillette, deux ou trois grenades? Que nous disposons d'une vingtaine de canons et d'une centaine de lance-roquettes? C'est ça?

Sans attendre la réponse, il poursuivit:

— Et c'est avec ces joujoux-là que vous comptez vaincre David Swindler? En plus des Carabiniers, Swindler a une armée de Gardiens incroyablement bien entraînés. Il a toutes sortes d'armes, des armes terribles, en face desquelles nos canons auront l'air de pétards. Il a des véhicules de combat, terrestres et aériens.

— Où veux-tu en venir? demanda Shade avec impatience.

— Swindler est trop fort pour nous. Je ne dis pas qu'il faut abandonner la lutte. Je dis seulement que si nous déclenchons l'insurrection avec si peu de moyens, un impitoyable massacre nous attend. Les rebelles vont se faire écrabouiller. Des hommes, des femmes et des enfants vont mourir parce qu'ils ne sont pas de taille à affronter notre ennemi. La rébellion va être totalement écrasée, et tout sera à refaire.

L'épouvante remplissait les yeux de John. On aurait dit qu'il voyait déjà les morts qu'il venait d'évoquer, qu'il entendait les voix de ces cadavres le priant de parler en leur nom.

Si ses compagnons ressentaient un semblable désarroi, aucun d'eux n'osa le dire. Ils continuaient à manipuler les armes avec l'intérêt d'un enfant devant un nouveau jouet.

Janet et Allan se taisaient comme les autres. Depuis un certain temps déjà, John avait remarqué que ses amis se montraient distants avec lui. Agissaient-ils ainsi parce qu'ils ne partageaient pas ses hésitations, ou pour éviter d'être mal vus de leur chef?

Profitant de cet appui muet, Shade pointa vers John un doigt accusateur.

— Il y a longtemps que tu mets en doute la légitimité de notre lutte. Tu es toujours le seul à m'interrompre et à contester mes propos. Je n'irai pas jusqu'à qualifier ta conduite de louche, mais je n'approuve rien de ce que tu dis. J'ignore ce que tu as en tête. Je ne sais pas pourquoi tu t'acharnes à semer le doute. Notre combat se fonde sur une soif de justice que tu n'éprouves peut-être pas autant que tes frères et tes soeurs.

— C'est faux! Je ne supporte pas plus l'injustice que vous! J'en souffre autant que n'importe qui d'entre nous, vous le savez!

— Tais-toi! Tu as proféré suffisamment d'idioties. Désormais je t'interdis de prendre la parole lors de nos réunions. Et je refuse aussi que tu discutes avec tes compagnons en mon absence. Tes idées malsaines n'ont plus cours ici. Ou bien tu les gardes pour toi et tu médites dans le but de les éliminer, ou bien tu quittes cette communauté à jamais.

Assené par surprise et avec une vigueur inattendue, le coup porta. John était abasourdi. Il aurait aimé répondre à l'attaque, mais il ne trouvait pas les mots ni la force.

Janet et Allan dissimulaient mal leur étonnement, mais personne ne prit sa défense. L'autorité de Shade n'avait d'égale que la soumission de ses subordonnés.

Attristé par l'abandon de ceux qu'il croyait ses amis, John quitta la pièce en silence. Il était seul de nouveau, mais avait-il jamais cessé de l'être? Sa détresse le poussa à sortir et à descendre le long escalier. La solitude l'étouffait. Il ressentait le vif besoin de se confier à quelqu'un.

Sans trop comprendre pourquoi, le souvenir du vieux chef des Mages surgit en lui. Les Mages... Ce n'étaient pas des gens comme les autres.

Malgré la misère qu'ils partageaient quotidiennement avec tous les Inactifs, et malgré leur désir d'un monde plus juste et plus humain, ils avaient chassé de leur coeur toute volonté de vengeance.

Le monde auquel ils aspiraient ne se bâtirait pas à partir d'une guerre. Préparaient-ils des stratégies pacifistes pour ébranler le pouvoir, ou bien leur foi leur recommandait-elle de vivre dans la passivité? C'était là un de leurs innombrables mystères.

Tagaras! Oui, Tagaras accepterait sûrement de l'entendre!

Avec espoir et soulagement, John quitta l'immeuble où il habitait, pour se rendre au hangar des Mages. L'entrepôt était situé à quelques kilomètres de là, mais il jugea qu'il aurait le temps d'effectuer l'aller-retour avant le couvre-feu.

***

Un enfant lui avait ouvert et, sans plus de précautions, il l'avait conduit près du vieillard.

— J'aurais pu être un policier déguisé en Inactif, dit John à Tagaras. Et vous m'avez laissé entrer comme ça. Vous n'êtes pas très prudent.

Le sourire malicieux de Tagaras fit frémir sa longue barbe.

— Le garçon qui t'a accueilli sait très bien que tu n'es pas dangereux.

— Il a lu dans mes pensées?

— Non. Nous nous interdisons de lire les pensées d'autrui, à moins que notre sécurité en dépende. Abuser de ses dons est signe de déséquilibre. Il y a plusieurs façons de juger quelqu'un. Parfois, il suffit simplement de le regarder.

Maintenant qu'il se trouvait auprès du Mage, dans ce recoin minuscule plongé dans la pénombre, John ne savait plus très bien ce qui l'avait poussé là. La présence du vieillard l'apaisait. Curieusement, il n'éprouvait plus le besoin de confier ce qui le tourmentait.

Le long silence qui s'installa entre eux, après cette entrée en matière, ne le mettait même pas mal à l'aise. La façon dont

Tagaras le scrutait lui semblait sans arrière-pensée. Le temps s'écoulait dans le calme. John n'avait plus connu ce sentiment de sécurité depuis très longtemps.

Tagaras brisa le silence d'une manière inattendue.

— John, dit-il.

Puis il répéta le prénom:

— John... Pourquoi as-tu choisi de t'appeler ainsi?

Sa confiance était telle que John n'eut pas le réflexe de se protéger par un mensonge. Il avait l'impression que Tagaras savait tout de lui. Toute dissimulation serait inutile ou ne ferait que semer la confusion. Et John n'était pas là pour se cacher, mais parce qu'il avait besoin d'être connu sous son vrai jour.

Il répondit donc en toute sincérité.

— Pourquoi j'ai choisi *John?* Je ne sais pas. Parce que c'est un prénom très courant, peut-être.

— Avant même de savoir qui tu étais, j'avais deviné que tu ne ressemblais pas aux autres conjurés. En toi, il n'y a pas de fanatisme, ni de soumission à tes chefs. Pourtant ton âme est aussi brûlante qu'une boule de feu.

— C'est drôle, ce que vous dites. Ça me rappelle la chanson des Inactifs: *ton coeur pour nous a la couleur du soleil.*

Le silence revint.

Tagaras avait délivré John d'un grand poids. Pour la toute première fois en trois ans, quelqu'un l'avait reconnu. John savait que l'événement se produirait un jour ou l'autre, mais jamais il n'avait songé que cela se passerait dans de pareilles circonstances. Depuis qu'il s'était réfugié chez les Inactifs, être reconnu constituait sa crainte la plus envahissante, le synonyme d'une mort inévitable.

Tagaras savait qui il était, et John n'avait pas peur. Cette constatation lui fit comprendre avec netteté ce qu'il soupçonnait depuis longtemps: sa place n'était pas parmi les rebelles.

Ses mains n'étaient pas faites pour tenir une arme, pas plus qu'il n'était à l'aise lorsqu'il fallait parler de stratégie militaire. John était incapable d'obéir à des mots d'ordre auxquels il ne croyait pas. Il ne pouvait supporter d'être un pion dans la fantastique partie d'échecs qui se jouait.

Jadis, il avait refusé d'obéir plus longtemps à David Swindler, parce que son patron avait fait de lui l'incarnation du mensonge.

Une phrase entendue un jour lui revint en mémoire: «J'essaie de battre en brèche tous les mensonges que l'on dresse autour de nous.» Ah, si Virginia Lynx savait quel effet ces mots avaient eu sur lui!

Il avait compris que le Freedom State reposait sur la négation de la vérité. Tout y était faux, mensonger, malhonnête. À commencer par ce Michel Lenoir que l'on montrait aux foules pour mieux les manipuler. Michel Lenoir: faux hockeyeur, faux humain, faux dieu.

— Michel Lenoir est un imposteur, dit Tagaras. Je te l'ai dit, il n'est pas dans nos habitudes de lire dans l'esprit des autres. Mais Michel Lenoir exerce une influence si néfaste que nous avons tenté à quelques reprises de le sonder à distance. Nous nous sommes mis à plusieurs, comme lors de cette séance à laquelle tu as assisté l'autre jour.

Tagaras fit la moue et secoua lentement la tête de gauche à droite.

— Nous n'avons alors senti en lui qu'une étrange confusion, et parfois le vide. Comme si le Michel Lenoir de la télévision n'existait pas vraiment, ou qu'il n'avait aucune pensée. Nous avons fini par comprendre que le véritable Michel Lenoir était mort. Ou, s'il vivait toujours, qu'il se cachait parmi nous.

— Je suis vivant. Ils ne m'ont pas détruit et ne me détruiront pas. Du moins, pas avant que j'aie rétabli la vérité.

Le sourire amusé du vieil homme réapparut.

— Ton âme est un soleil incandescent, Michel. Incandescent comme cette vérité que tu cherches. Je crois que la lumière dissipera un jour les ténèbres. Mais avant que ce jour n'arrive, n'oublie pas que le soleil ne crée pas seulement la lumière. Il produit aussi l'ombre.

Apaisé, Michel laissa Tagaras et retourna chez lui.

Ce soir-là, les activités policières lui parurent plus intenses que d'habitude, comme si les autorités devinaient que les rebelles entreraient bientôt en action. Ou bien était-ce une illusion, un effet du contraste entre l'agitation permanente des rues et le calme que Michel venait de retrouver?

Il fut accueilli froidement à son arrivée. Les enfants dormaient. Les adultes essayaient de chasser leur nervosité en vaquant à des occupations domestiques. Dans le dortoir, un petit groupe discutait à voix basse.

Michel demanda à Janet s'il y avait du nouveau. Elle répondit en évitant de le regarder.

À partir du lendemain, ils devraient accorder l'hospitalité à une femme durant un certain temps. Cette femme avait fui la Nouvelle Ville parce que la police voulait la faire disparaître. Elle était journaliste. Shade croyait que les informations qu'elle possédait rendraient de précieux services à la rébellion.

— Connais-tu son nom? demanda Michel.

— Elle porte un nom d'animal... Wolf ou Lion, quelque chose comme ça.

— Ce ne serait pas Lynx? Virginia Lynx?

Janet le regarda avec méfiance.

— Oui, c'est ça. Comment le sais-tu?

Michel s'efforçait de dissimuler son émoi.

— J'ai déjà entendu ce nom-là. Virginia Lynx travaille pour un journal qui critique beaucoup le gouvernement et les riches.

— Shade dit que cette femme est une...
«alliée objective». Ça veut dire qu'elle a
les mêmes opinions que nous.

Michel alla s'étendre sur son lit et en-
fouit son visage dans le matelas. S'il s'était
trouvé seul, il aurait laissé éclater la joie
immense qui l'habitait.

Ainsi, Virginia Lynx avait suffisamment
tapé sur les nerfs des dirigeants pour qu'ils
décident de l'empêcher de nuire! Un courant d'amitié et de tendresse le traversa, il
fut ému jusqu'aux larmes.

Que Virginia soit toujours vivante était
déjà une merveilleuse nouvelle. Mais savoir qu'il la reverrait bientôt et même
qu'elle vivrait parmi eux, cela le comblait
de bonheur.

Il se demanda si elle reconnaîtrait son
visage, puis il écarta la question. Bien sûr
qu'elle le reconnaîtrait! Son visage avait
changé à cause des fractures, mais pas au
point d'être méconnaissable. Et d'autres détails permettraient à Virginia de l'identifier:
ses expressions, sa voix, sa démarche.

Ensuite, des questions inquiétantes fusè-
rent dans son esprit. Que se passerait-il
quand les membres de sa communauté ap-
prendraient son identité véritable? Com-

ment réagirait Shade? Quelles mesures les officiers de la rébellion prendraient-ils à son sujet? Ne valait-il pas mieux que Michel ne se montre pas à Virginia? Autant de questions auxquelles il ne pouvait répondre avec certitude.

Il avait hâte de revoir Virginia. Au cours des trois dernières années, il avait souvent pensé à elle et à tout ce qu'elle lui avait appris. En lui ouvrant les yeux, elle avait déclenché en lui un processus qui ne s'était jamais interrompu.

Dans ses moments de profonde solitude, c'était à elle qu'il songeait d'abord. Les souvenirs de leur relation lui avaient toujours redonné du courage.

Peu importaient les conséquences de leurs retrouvailles. Incapable de contrôler son émotion, Michel se mit à pleurer et à rire tout à la fois. Les rebelles qui discutaient autour de lui le regardèrent sans comprendre. Certains firent des commentaires cyniques, quelques-uns ricanèrent, puis les conversations reprirent comme si rien ne s'était produit.

Chapitre 3

Le retour de Michel Lenoir

Les deux hommes qui avaient escorté Virginia s'en allèrent quand elle eut franchi le seuil de l'appartement. Elle n'avait pas l'habitude d'être intimidée, mais comment ne pas l'être devant tous ces nouveaux visages qui la scrutaient comme si elle appartenait à une espèce différente?

Elle avait très mal dormi la nuit précédente et n'aspirait qu'à un peu de repos. La veille, elle avait été conduite dans un sous-sol qu'une trentaine d'Inactifs occupaient déjà. Elle avait ensuite appris que ses bienfaiteurs formaient l'une des cellules de la rébellion. Pour justifier leur générosité à son égard, on lui avait dit qu'elle était depuis longtemps considérée comme une des leurs à cause de ses articles dénonçant le pouvoir.

Virginia ne sut jamais comment ils avaient découvert aussi vite son arrivée dans l'Ancienne Ville. Les nouvelles avaient tendance à se propager rapidement chez les Inactifs, mais elle ignorait que la rébellion s'était dotée d'un service de renseignements aussi efficace.

Reconnaissante envers ces gens qui acceptaient de l'accueillir, elle souriait et serrait les mains avec chaleur.

Quand elle vit Michel, son sourire se figea comme lors d'une séance de photo. De ses yeux démesurément agrandis, elle fixait le visage maigre et défait, pourtant adouci par la joie. Le sourire de Virginia disparut. Michel prit sa main et la serra longtemps.

Virginia, incrédule, ne savait comment réagir. Les rebelles s'aperçurent qu'il y avait quelque chose d'anormal. Allan jeta un coup d'oeil à la ronde, puis il demanda à Michel et à Virginia s'ils se connaissaient.

Les autres se regardaient sans comprendre. Virginia revint à Michel qui souriait toujours.

— Tu peux leur dire, Virginia. Ils ne savent pas.

— Michel!

Elle avait presque hurlé.

— Michel, c'est bien toi?

Il fit oui de la tête.

— C'est incroyable! Tu as survécu pendant tout ce temps! C'est eux qui t'ont aidé?

— Ils ont fait beaucoup pour moi, sans savoir qui j'étais.

— Que je suis contente! J'avais peur que tu sois mort ou prisonnier quelque part! Te retrouver si vite, c'est inouï!

Allan sentit le besoin de s'interposer.

— Il faudrait peut-être nous mettre dans le coup. Vous avez l'air de bien vous connaître, tous les deux. D'abord, pourquoi l'appelez-vous Michel?

— J'ai connu Virginia il y a trois ans, dit Michel. À ce moment-là, je jouais pour les Raiders et j'avais été choisi pour affronter les robots. Virginia m'a beaucoup parlé. Elle m'a fait comprendre bien des choses. C'est grâce à elle que j'ai rejeté la vie que je menais.

L'incroyable vérité s'infiltrait dans les esprits, provoquant la stupeur générale.

Même les enfants, distraits jusque-là, éprouvaient de la surprise.

Ne voulant pas prolonger le mystère, Michel prononça la phrase décisive.

— Je ne m'appelle pas vraiment John. En réalité, mon nom, c'est Michel Lenoir.

***

La révélation faite par Michel avait plongé les membres de sa communauté dans la stupéfaction la plus totale. D'abord, la surprise et l'incrédulité s'imposèrent. Puis les confirmations apportées par Virginia laissèrent moins de place au doute.

Ceux qui vivaient avec Michel depuis deux ans apprenaient soudain qu'ils avaient partagé leur vie avec le personnage le plus célèbre du Freedom State. Ils avaient mangé, dormi, parlé avec le dieu des foules, l'idole incontestée des Inactifs, le «hockeyeur aux cheveux d'ange». Quelles tortueuses voies le destin avait-il empruntées pour leur accorder cette grâce unique d'héberger Michel Lenoir?

La nouvelle était d'autant plus in-croyable qu'elle ouvrait la porte sur un autre mystère. Si Michel Lenoir vivait parmi eux sous l'aspect de cet homme aux cheveux ras et au nez cassé, comment expliquer alors l'existence de l'autre Lenoir? Celui qui éblouissait les spectateurs quand il jouait dans l'Amphithéâtre et qui apparaissait souvent à la télévision pour prôner l'obéissance, qui était-il?

Michel choisit de ne pas dissiper immédiatement ce mystère. Shade ne manquerait pas de lui demander des comptes, et c'est à ce moment-là qu'il deviendrait nécessaire de tout éclaircir. Ce qu'ils venaient d'apprendre était déjà assez difficile à accepter pour ses compagnons.

Adoptant un comportement presque superstitieux, fait de crainte et de respect, ils décidèrent de le laisser seul avec Virginia Lynx. Hommes, femmes et enfants désertèrent le dortoir des adultes pour s'entasser dans une autre pièce. Michel et Virginia auraient ainsi le loisir de refaire connaissance dans une certaine intimité.

Virginia n'était pas encore revenue de ses émotions, elle non plus. Pendant trois ans, elle avait essayé de connaître la vérité sur le prétendu revirement de Michel. Et voilà que le hasard plaçait le vrai Michel sur sa route, lui offrant enfin les réponses qu'elle cherchait depuis si longtemps!

Tous deux se pressaient de questions. Virginia raconta d'abord comment elle avait vécu cette période. Michel écoutait avec intérêt, avec passion même, car son isolement dans l'Ancienne Ville l'avait tenu éloigné de la plupart des événements relatés par la journaliste.

Lorsqu'il parla à son tour, Michel dut interrompre son récit à de nombreuses reprises pour répondre aux questions de Virginia. Il expliqua qu'il n'avait jamais eu l'intention de revenir dans la Zone privée, sachant très bien que David Swindler ne lui pardonnerait jamais sa révolte. Retourner chez lui aurait signifié mourir.

Dès son arrivée dans l'Ancienne Ville, son premier souci avait été de changer d'apparence, puisque tous les Inactifs connaissaient Michel Lenoir. Il prit l'habitude de se raser les cheveux et de les teindre en brun lorsqu'ils recommençaient à pousser. Bien que fortuite, l'agression des voyous contre lui acheva de le transformer.

Durant un an, Michel mena la vie difficile des sans-logis, quêtant ou volant sa nourriture, dormant dehors ou dans de misérables abris de fortune.

Amaigri et découragé par ces longs mois de privation, devinant aussi qu'il ne survivrait pas en demeurant seul, il demanda à diverses communautés d'Inactifs de l'héberger. Il n'essuya que des refus jusqu'à ce qu'il tombe enfin sur le groupe auquel il appartenait maintenant.

Michel s'intégra facilement à eux et devint même un des favoris des enfants. Quand ses nouveaux compagnons eurent la preuve qu'ils pouvaient lui faire confiance, il fut mis au courant de leurs projets.

Il apprit que la communauté était une cellule de rebelles et qu'ils complotaient en vue de renverser le pouvoir. Le mouvement de rébellion était né plusieurs années auparavant et il n'avait jamais cessé de se ramifier en cellules multiples.

— Après m'avoir dit la vérité, ils m'ont laissé le choix de partir ou de rester avec eux. Mais si je restais, il fallait que je devienne un conjuré, moi aussi. Je devais partager leurs objectifs, épouser leur cause, croire qu'il faut prendre les armes pour rétablir la justice.

— Tu as donc dit oui.

— Je ne pouvais pas refuser. Non seulement parce que rester avec eux allait me permettre de manger et d'avoir un abri, mais aussi parce que je croyais qu'ils avaient raison.

— Comment en es-tu venu à penser cela?

— J'avais eu une année entière pour voir de près la souffrance des Inactifs. Moi-même, j'ai cru souvent que j'allais mourir de faim ou à la suite d'une maladie. J'ai vu tant de gens si démunis. J'ai vu des enfants hurler parce qu'ils avaient faim. J'ai vu des vieillards étendus sur les trottoirs, en train de mourir, et personne ne s'en occupait.

— C'était très différent de ce que tu avais connu.

— Oui, si différent! Je ne pouvais pas dire non aux rebelles. C'était évident que ces injustices devaient cesser. Il fallait faire quelque chose. La seule solution, c'était de se battre contre ceux qui profitent de la misère, les déloger de leur trône afin de bâtir un monde neuf où chacun mangerait à sa faim. Un monde fait pour les êtres humains, où les robots ne seraient pas mieux traités que les gens!

Virginia était touchée par la conviction qui animait Michel.

— Ça me dégoûte de voir comment ces

gens sont traités. C'est comme s'ils avaient été jetés au rebut, comme s'ils n'avaient pas d'importance. Mais les dirigeants ne se contentent pas de les acculer à la misère. Ils les manipulent en leur mentant de façon abominable. Depuis que j'ai découvert ça, j'enrage, Virginia! Swindler est un monstre qu'il faut éliminer.

— Tu sais qu'il est plus puissant que jamais?

— Je le sais, et il faut lui enlever ce pouvoir à tout prix. Swindler se sert de mon image pour forcer les gens à accepter leur déchéance. Il a usurpé mon identité pour maintenir l'injustice. Il se sert de moi pour mieux les exploiter, et je ne peux plus tolérer ça. Je veux rétablir la vérité, Virginia. Je veux dire aux gens qui je suis vraiment. Je ne suis pas un dieu. Je vais tout faire pour que les gens cessent de croire à ce mensonge qui les tue!

— Les Inactifs te vouent un véritable culte, Michel. Comment pourras-tu changer ça?

— En disant la vérité! Toute cette folie à propos de mon nom m'écoeure. Swindler a fait de moi un dieu. Les Adorateurs de Kadar croient vraiment que j'en suis un. Et les Inactifs se laissent prendre à ces sottises. Je ne suis ni un dieu ni un traître. Je suis Michel Lenoir, un homme comme les autres, un homme comme eux.

Dans le regard de Michel qui la fixait avec intensité, Virginia vit une sorte d'appel au secours. Elle sut alors qu'il cherchait une approbation, un signe quelconque lui indiquant qu'elle l'avait compris. Unique détenteur d'une vérité qui concernait pourtant des centaines de milliers de personnes, il avait vécu longtemps dans un anonymat qui le torturait.

Elle lui sourit avec tendresse, et ce simple mouvement des lèvres apporta à Michel un immense réconfort.

— Avant de m'enfuir à mon tour, dit-elle, je venais de comprendre que l'autre Michel Lenoir était un imposteur. Ils t'ont remplacé par un robot, c'est ça?

— Sur la patinoire, oui. Un robot porte mon uniforme et joue à ma place. Les spectateurs ne savent pas que leurs cris et leurs applaudissements n'ont aucun effet sur lui. S'ils apprenaient que l'objet de leur adoration n'a qu'un programme à la place du coeur!

— Et le Michel Lenoir de la télévision

et des hologrammes?

— Sûrement un comédien dont le visage a été modifié par la chirurgie plastique. Je dois avouer qu'il est très bon, le salaud. En le regardant, il m'est arrivé de croire que j'étais fou et que le vrai Michel Lenoir, c'était lui.

Sa propre blague le fit rire un moment, et Virginia partagea cette bonne humeur passagère. Mais, comme si la lucidité était inconciliable avec la joie, très vite ils redevinrent graves.

— Je savais que la rébellion s'organisait surtout dans l'Ancienne Ville, dit Virginia. Ailleurs, les cellules de conjurés sont encore très discrètes. Des bombes éclatent par-ci par-là, c'est tout. Mais je n'aurais jamais cru que vous vous prépariez à une offensive prochaine. Êtes-vous vraiment prêts?

Michel lui raconta ce qu'il avait appris lors de la dernière visite de Shade. Il lui fit part aussi de ses doutes personnels quant au succès de leur action.

— Je pense que tu as raison, dit Virginia. Cette femme ne se rend pas compte qu'elle vous conduit directement à l'échec? Les rebelles sont sans doute quelques centaines ou quelques milliers, mais ça ne suffit pas pour faire face aux Gardiens et à leurs machines. Vous n'êtes pas entraînés à la guérilla, vous savez à peine utiliser vos armes, et la plupart d'entre vous ne sont pas en très bonne santé.

— Shade compte beaucoup sur l'appui populaire. Elle croit que les Inactifs vont nous suivre dans la bataille. Selon elle, ils n'attendent qu'une occasion pour montrer leur mécontentement et pour affronter ceux qui les oppriment.

— J'ai bien peur qu'elle se fasse des illusions. Mais admettons qu'elle ne se trompe pas. Supposons que la population suive l'exemple des conjurés et se lance dans la bataille.

— J'imagine le tableau, oui...

— C'est très beau, un peuple qui se soulève pour crier sa révolte et qui est prêt à tout pour retrouver sa liberté. Mais dans ce contexte-ci, quelles sont ses chances de remporter la victoire? Et si les conjurés réussissent quand même à prendre le pouvoir, est-ce que le prix à payer n'aura pas été terriblement élevé?

— Je sais, Virginia.

Après une hésitation, la journaliste ajouta:

— Il y a un autre point dont vos chefs devraient se préoccuper dès maintenant. C'est à propos de ce qui va se passer *après* la victoire.

Chapitre 4

La guerre des clowns

— Ce qui va se passer après la victoire? s'étonna Michel. Qu'est-ce que tu veux dire?

— Mais voyons! C'est une chose de prendre le pouvoir, c'en est une autre de le conserver. Supposons que, par miracle, vous parveniez à déloger David Swindler et ses complices, à vaincre ses machines de guerre, à faire fuir les Gardiens et les Carabiniers.

— Oui... Les conjurés sont au pouvoir, et leurs chefs forment le gouvernement. Et puis quoi?

— Justement, que se passe-t-il ensuite? Le Freedom State a beau jouir d'une autonomie politique, ce n'est quand même pas une île isolée.

— Je ne te comprends pas très bien.

— C'est simple pourtant. Les dirigeants actuels que vous aurez vaincus, l'armée que vous aurez fait fuir, ce beau monde-là va se réfugier ailleurs aux États-Unis. Et ils vont tout mettre en oeuvre pour reconquérir le Freedom State plus tard. Pour être bien sûrs de gagner, cette fois, ils demanderont de l'aide à d'autres gouvernements, ils achèteront encore plus d'armes, et leur armée sera encore plus puissante.

— Tu crois vraiment que...?

— Swindler a des appuis dans le monde entier, et ses ressources financières sont inépuisables. Le nouveau gouvernement rebelle du Freedom State risque d'avoir la Confédération des États-Unis sur le dos, tu comprends? Swindler ne s'avouera jamais vaincu. Les citoyens du Freedom State seront constamment sur le qui-vive. Quand Swindler reviendra en force, il y aura une autre guerre, plus destructrice peut-être que la précédente!

— C'est terrible. Je n'avais pas pensé à ça.

— J'espère que vos chefs y ont pensé,

eux. J'espère qu'ils voient plus loin que le bout de leur nez.

— Après ce que tu viens de me dire, je suis encore plus convaincu que la rébellion n'a aucune chance. Obéir aux chefs rebelles, c'est courir vers une mort certaine. Qu'allons-nous faire, Virginia? Nous serions condamnés à subir l'injustice entretenue par Swindler? Les Inactifs vont continuer éternellement à s'enfoncer dans la misère? Les robots vont remplacer tous ceux qui travaillent, du premier au dernier?

— Je ne sais pas, Michel. Je ne sais pas. L'Histoire du monde est comme un cirque où des clowns se querellent entre eux. Ça demeure un spectacle jusqu'à ce que les clowns demandent aux spectateurs de s'en mêler. Ensuite, ce sont les spectateurs qui écopent.

— Que veux-tu dire?

— Le sang coule, l'un des clowns est vaincu, puis la querelle recommence. Et les spectateurs qui s'étaient battus sont invités à se battre de nouveau. Le sais-tu, toi, qui sont les chefs de la rébellion? Cette Shade, qui est-elle? D'où vient-elle?

Michel ne savait quoi répondre.

Même si les paroles de Virginia laissaient

peu de place à l'espoir, il éprouvait de la gratitude envers elle. À chacune de ses rencontres avec la journaliste, Michel apprenait quelque chose d'important et il était forcé par la suite de voir la situation sous un angle différent.

— T'arrive-t-il de regretter ton passé, Michel? Avant, ton seul objectif était de marquer plus de buts que les autres joueurs de hockey.

Michel sourit.

— J'aimais jouer! Et puis c'était excitant d'être le meilleur, de voir mes coéquipiers me regarder avec admiration et envie. D'entendre la foule qui hurlait à chacune de mes apparitions. Oh oui, j'aimais ça! Mais cette époque est bel et bien terminée. Même si j'en avais l'occasion, je ne jouerais plus au hockey. Plus jamais.

Virginia ne s'attendait pas à cette déclaration.

— Pourquoi?

— En tant que spectacle, ce sport est devenu une véritable drogue. Les magnats du hockey sont des trafiquants de rêve. Ils souhaitent seulement engourdir la population, lui faire oublier ses problèmes. Et ça marche! Quand les gens regardent un match, ils n'existent plus. Leur cerveau est éteint. Tout ce qui leur reste, c'est des grands yeux qui s'émerveillent devant les prouesses des autres.

Il secoua la tête en signe de dégoût.

— Et il y a la violence... Ça devient naturel et beau de voir un homme fracasser un bâton sur les épaules d'un autre! C'est passionnant de voir un pauvre type se traîner parce qu'il a une jambe fracturée! La souffrance des joueurs fait oublier aux spectateurs qu'ils souffrent aussi. La force de ceux qu'ils admirent leur fait oublier qu'ils n'en ont pas eux-mêmes.

Il ajoute avec fermeté:

— Non, Virginia, je ne veux plus jamais jouer au hockey. Je ne veux plus être utilisé pour l'inaction et la médiocrité. Je ne veux plus être utilisé pour quoi que ce soit.

— Comme tu as changé, Michel!

L'émotion faisait un peu trembler la voix de Virginia.

— Tu as beaucoup réfléchi depuis trois ans. Lors de notre première rencontre, je t'avais trouvé si ignorant et si stupide!

— À ce point-là? demande Michel d'un air complice.

— Plus même! Je l'avoue: je te croyais

absolument irrécupérable!

Le rire qu'ils partagèrent ensuite leur apparut comme le bien le plus précieux qu'ils aient jamais échangé.

***

Quand la fantastique nouvelle lui fut communiquée, Shade demanda aussitôt à rencontrer cet homme qui prétendait être Michel Lenoir.

Incrédule, elle soumit Michel à un interrogatoire serré auquel il se prêta de bonne grâce. Après deux heures de questions, elle avait acquis la certitude que l'homme ne mentait pas.

Shade mit peu de temps à reconnaître les avantages de cette nouvelle situation. Auparavant, elle considérait Michel Lenoir comme un obstacle. Maintenant, le même homme s'avérait un allié.

Celui que le pouvoir utilisait pour inciter la population à obéir avait donc choisi le camp de la désobéissance. C'était un rebelle. Contrairement à ce que Swindler faisait croire aux citoyens de Lost Ark, le dieu des foules avait la révolte incrustée au fond du coeur. Si les Inactifs l'apprenaient, ils joindraient inévitablement les rangs des conjurés par simple désir de suivre leur dieu.

Shade organisa une réunion du Conseil des officiers, l'instance suprême de la rébellion. Après avoir exposé la nouvelle conjoncture, elle soumit un plan qui fut accepté à l'unanimité.

Plus sûre d'elle que jamais, elle convoqua ensuite une deuxième réunion, mais plus restreinte. Une demi-douzaine d'officiers rebelles y étaient invités. Ce serait pour eux l'occasion de rencontrer Virginia Lynx et Michel Lenoir.

***

Assis côte à côte, Michel et Virginia scrutaient le visage des officiers présents. C'était la première fois que Michel était mis en contact avec d'autres chefs.

En apparence, ces hommes et ces femmes qui dirigeaient la rébellion n'avaient rien de particulier. Sauf peut-être qu'ils paraissaient beaucoup moins pauvres et faméliques que les Inactifs. Virginia confirma cette impression quand elle murmura:

— J'en reconnais deux. L'un était président d'un important syndicat ouvrier. L'autre, c'est un avocat autrefois très prestigieux.

— À les voir, on dirait bien qu'il n'y a pas beaucoup d'Inactifs à la tête des rebelles.

Naturellement les officiers n'avaient d'yeux que pour Michel. Peut-être essayaient-ils de se persuader qu'ils ne rêvaient pas, qu'ils disposaient vraiment d'un allié capable de rassembler le peuple comme personne d'autre ne pourrait le faire? Ils étaient sans doute eux-mêmes sensibles à la fascination qu'exerçait le hockeyeur sur la population en général.

Michel, qui avait été si souvent rabroué par Shade, sentait à présent qu'on le considérait avec respect, sinon avec admiration.

Shade présenta un à un les officiers, puis elle fit brièvement l'éloge de Virginia Lynx. Ses articles, disait-elle, avaient toujours reflété «la conscience du peuple». Pour présenter Michel, une seule phrase suffit.

— Et voici Michel Lenoir.

Un long silence suivit. Les officiers regardaient Michel avec insistance. Quelques-uns lui adressaient un sourire hésitant.

Un moment, Michel crut qu'ils allaient l'applaudir.

Shade exposa alors son plan.

— Le Conseil a fixé la date du déclenchement de l'insurrection. Il va sans dire qu'en apprenant que Michel Lenoir était des nôtres, nous avons dû réviser tous nos projets. Nous possédons maintenant un extraordinaire avantage sur nos adversaires.

Elle regarda Michel droit dans les yeux.

— Quand le peuple saura que Michel appuie la rébellion au lieu d'être le porte-parole servile du pouvoir, nous assisterons à un soulèvement jamais vu. Le réveil de la population sera d'autant plus énergique qu'il se nourrira d'une immense colère. En effet, le peuple n'acceptera pas que David Swindler lui ait menti si longtemps.

Les paroles de Shade déplaisaient à Michel. Il croyait avoir des choses importantes à dire. Mais qu'importait justement son opinion quand toutes les décisions avaient déjà été prises?

— Voici donc notre plan, continuait Shade. Dans cinq jours, ici à Lost Ark, les Raiders affronteront des hockeyeurs venus de Shanghai. Les amateurs attendent ce match avec impatience. Nous saisirons cette occasion pour frapper un grand coup.

Elle revint à Michel.

— Grâce à vous, nous savons que l'autre Michel Lenoir est un robot. Nous avons décidé de kidnapper ce robot et de prouver à la population qu'elle a été victime d'une affreuse supercherie. Partout dans le Freedom State, les gens verront qu'ils ont été dupés. Nous profiterons de la confusion pour lancer nos combattants à travers la ville.

Une lueur de satisfaction s'alluma dans ses yeux.

— Ce sera le début d'un vaste mouvement qui écrasera tout sur son passage. Assoiffés de liberté, Actifs et Inactifs se joindront spontanément à la révolte. Swindler et ses complices seront balayés. Dans quelques jours, le pouvoir tombera entre les mains du peuple.

Cette fois, les autres officiers ne manquèrent pas d'applaudir leur porte-parole.

Seuls Michel et Virginia restèrent immobiles. La journaliste affichait même une hostilité qui ne pouvait échapper à personne. Quand le silence revint, Virginia s'adressa directement à Shade sans se demander si elle avait droit de parole.

— Votre plan est très joli. Théoriquement, je devrais l'approuver. Seulement, il y a une énorme différence entre une guerre théorique et une guerre réelle. Et cette différence, ce sont les milliers de gens qui vont mourir parce que nos adversaires sont infiniment mieux armés.

Son intervention suscita des réactions diverses chez les officiers. Shade ne sembla pas étonnée, mais certains chefs échangèrent des regards qui en disaient long sur leur malaise. D'autres devinrent méfiants envers la journaliste.

L'un de ceux-là se préparait à lui répondre, lorsque Shade l'en empêcha d'un geste.

— Laissez, Jim. J'ai entendu ces arguments de la bouche de Michel, il n'y a pas si longtemps. Tout comme son ami, madame Lynx est une âme sensible qui croit que la justice peut se gagner sans effusion de sang. C'est faire preuve d'une grande ignorance.

Elle regarda Virginia d'un air supérieur.

— Dans l'Histoire de l'humanité, chaque fois que le peuple a remporté des victoires sur les forces de l'oppression, ce fut au prix d'énormes sacrifices. Voilà une loi universelle à laquelle nous ne pouvons échapper.

Virginia sentait monter sa colère. Elle était sur le point de répliquer quand Michel lui toucha la main. Se tournant vers lui, elle lut dans ses yeux qu'il lui conseillait de se taire.

Plus tard, lorsque Virginia eut retrouvé son calme, elle comprit que Michel avait eu raison de la retenir.

Contester les décisions de ces gens-là était inutile. Personne ne parviendrait à modifier leur point de vue.

En outre, il était préférable de ne pas trop manifester son désaccord. À quelques jours seulement de l'insurrection, Shade se sentirait justifiée de la traiter en adversaire. Elle pourrait alors prendre de sévères dispositions pour l'empêcher de nuire.

Chapitre 5

L'insurrection

Cinq jours avaient passé.

La soirée débutait à peine, et déjà les spectateurs envahissaient les gradins de l'Amphithéâtre, excités à l'avance par le spectacle promis depuis des semaines. Pour la première fois, les Raiders de Lost Ark croiseraient le fer avec des hockeyeurs asiatiques.

En Extrême-Orient, l'équipe de Shanghai était considérée comme la plus redoutable. On disait que les joueurs chinois avaient une rare maîtrise du hockey, qu'ils jouaient avec finesse et que, sur le strict plan technique, peu d'équipes au monde pouvaient les égaler.

À Lost Ark, on se foutait bien de ces prétentions. Car au hockey, il avait été démontré depuis longtemps que les petits joueurs habiles ne pouvaient pas rivaliser avec des colosses sanguinaires. La foule débraillée qui remplissait l'Amphithéâtre s'apprêtait à être témoin d'un des plus beaux massacres sportifs des dernières années.

Un autre match extrêmement violent se préparait ce soir-là, mais il serait joué sur un terrain beaucoup plus vaste, celui de la ville tout entière.

Des rebelles se mêlaient à la foule traînant autour de l'édifice. Dissimulées sous les vêtements amples qu'ils portaient pour la circonstance, leurs armes ne tarderaient pas à servir.

Pour mener à bien l'opération, Shade avait choisi les conjurés les plus fiables et les plus expérimentés. Parmi la trentaine d'hommes et de femmes qui avaient été réunis, plusieurs avaient déjà exercé la profession de militaire ou de policier. Ces rebelles constituaient ses meilleurs éléments, et personne d'autre n'était mieux préparé pour accomplir la mission qui leur était confiée.

Peu après 18 h 30, un gros fourgon aérien se posa sur la piste d'atterrissage qui s'étendait derrière l'Amphithéâtre. Tous les membres du commando savaient ce qu'ils avaient à faire. Les informations recueillies par le Conseil avaient été vérifiées maintes et maintes fois.

Chacun de leur côté, les rebelles se détachèrent de la foule et s'approchèrent du bâtiment. Une clôture basse, disposée le long de la piste, empêchait les curieux d'aller plus loin. Sur l'aire d'atterrissage, tout près de la clôture, des Carabiniers étaient postés tous les dix mètres.

Une bombe fumigène explosa dans la foule, aussitôt suivie d'une deuxième. Cinq autres éclatèrent ensuite, à des endroits différents.

Pris de panique, les Inactifs tentèrent de se disperser. Ils hurlaient en courant dans toutes les directions, aveuglés par la fumée épaisse qui stagnait au-dessus du sol. Les costauds bousculaient les plus frêles, d'autres étaient piétinés, tandis que les parents se démenaient pour protéger leurs enfants.

Les policiers en faction devant l'édifice hésitèrent un moment.

Puis certains foncèrent dans la foule afin d'aider les blessés. D'autres restèrent à leur poste et demandèrent par radio des instructions à leurs supérieurs. Les autres s'éloignèrent le plus possible pour éviter d'être piétinés à leur tour.

La plupart des Carabiniers postés sur la piste d'atterrissage enjambèrent la clôture pour mieux voir. Les conjurés passèrent à la phase deux de l'opération.

Sortant leurs fusils-mitrailleurs, ils abattirent ceux qui étaient à leur portée. Ensuite, la moitié d'entre eux s'engagèrent sur la piste et coururent vers le fourgon aérien en lâchant des rafales de mitraillette.

Avant l'explosion des bombes fumigènes, un tracteur était descendu du fourgon par la passerelle de transbordement. Peu de gens savaient ce que contenait la semi-remorque tirée par ce tracteur. Les membres du commando étaient au courant, eux.

En apercevant ces personnages qui surgissaient sur la piste, les Gardiens escortant le véhicule devinèrent aussitôt qu'il s'agissait de rebelles. Ils braquèrent leurs armes sur eux et se mirent à tirer. Quatre conjurés tombèrent, blessés ou morts, tandis que leurs compagnons ripostaient par d'autres projectiles. Des Gardiens s'écroulèrent.

Les rebelles les plus proches du tracteur lancèrent des grenades. Après les déflagrations, les deux Gardiens encore indemnes reculèrent jusqu'à la passerelle de transbordement. L'un fut fauché par une salve de mitraillette et l'autre trouva refuge dans le fourgon.

Plus personne maintenant ne protégeait la semi-remorque.

Ayant fait sauter les portes blindées du tracteur et expulsé le chauffeur, quatre conjurés investirent la cabine. L'un d'eux s'installa derrière le volant, appuya sur la pédale d'embrayage, puis sur l'accélérateur. Le lourd véhicule s'ébranla en direction de l'Amphithéâtre.

La mission des rebelles restés à l'extérieur était plus périlleuse, car ils n'avaient rien pour se protéger. Pendant que certains d'entre eux continuaient leurs manoeuvres de diversion autour de l'Amphithéâtre, cinq conjurés avaient pour tâche de libérer la rampe d'accès, afin de permettre au tracteur de s'introduire dans l'édifice.

L'entrée du garage était gardée par des Carabiniers qui ne savaient plus où donner de la tête. Leur affrontement avec les rebelles fut très court et se solda par un mort de chaque côté.

Après avoir pris possession de la rampe d'accès, les conjurés bousillèrent à coups de grenade le système d'ouverture de la porte. Le grand panneau s'éleva lentement.

Des Carabiniers postés à l'intérieur tirèrent quelques rafales, et les rebelles ripostèrent par des grenades. Les policiers encore vivants refluèrent plus loin dans l'édifice. Quand le tracteur eut traversé la rampe d'accès, le plancher était parsemé de cadavres déchiquetés.

Des rebelles s'acharnèrent sur la porte de la semi-remorque, tandis que leurs compagnons quittaient la cabine du tracteur. Une fois la porte entrouverte, ils lancèrent une grenade dans l'entrebâillement. Au bout de quelques secondes, la porte s'ouvrit toute grande pour livrer passage à des techniciens et des Gardiens suffoqués par les vapeurs chimiques.

Les instructions données aux rebelles étaient claires: ne pas faire de prisonniers. Les canons des mitraillettes crachèrent à l'unisson, imposant encore une fois la monstrueuse suprématie de la mort.

Deux conjurés montèrent dans la semi-remorque et réapparurent en poussant un chariot qui supportait une caisse métallique. Sans prendre le temps de vérifier le contenu de la caisse, ils dirigèrent le chariot vers la porte du fond, celle par où avaient fui les Carabiniers.

Les rebelles savaient que cette porte donnait sur un long couloir prolongé par un embranchement. En tournant à gauche, on pouvait ensuite emprunter un ascenseur et monter jusqu'à l'étage des studios de télévision.

Une dizaine de minutes plus tard, le commando entrait dans la régie de la plus importante station du Freedom State.

Deux de ses membres étaient tombés au combat durant ces dix minutes et les autres avaient abattu plusieurs Carabiniers. Mais dans l'insoutenable film d'horreur dont ils étaient les vedettes, ils n'étaient pas autorisés à se préoccuper des cadavres.

Durant cette opération, un autre groupe avait profité de la pagaille pour s'introduire dans l'Amphithéâtre par l'entrée principale. Totalement désorganisés, les Carabiniers opposèrent peu de résistance.

Les rebelles avaient pris d'assaut la régie de télévision sans trop de difficultés.

Sur les écrans, Michel Lenoir et Virginia Lynx regardaient le robot qu'on venait de sortir de sa caisse. Près d'eux, Shade étudiait la console de la régie, gueulant parfois des ordres à ceux qui surveillaient les couloirs. Des bruits lointains d'explosion ou de fusils-mitrailleurs continuaient à retentir.

C'était bien malgré eux que Michel et Virginia avaient accompagné les combattants jusque-là. Shade avait exigé leur présence, la jugeant indispensable à la réussite de l'opération. Elle n'avait pas pris la peine de leur expliquer pourquoi, mais ils en avaient une petite idée. Ils avaient donc obéi, choisissant de ne pas discuter les ordres de Shade pour l'instant.

— Ce robot me ressemble beaucoup, dit Michel à Virginia. Ça me fait drôle de le voir d'aussi près. Je l'avais seulement vu de loin sur la patinoire. Désactivé, il a l'air d'un guignol.

Avant l'attaque, les techniciens lui avaient mis son uniforme, son casque, ses patins. Le robot avait été préparé pour une partie de hockey qu'il ne jouerait jamais. À présent, il était installé dans un fauteuil du studio, face à la caméra.

En observant ainsi son double, Michel

ressentit plus que jamais le désir de se reconquérir lui-même, de revendiquer le droit d'être plus qu'une image, plus qu'un mensonge habitant un organisme électronique.

— Tout est prêt, lança Shade penchée sur les appareils de contrôle. J'envoie l'image dans dix secondes.

Pendant le compte à rebours, Michel essaya d'imaginer comment réagiraient tous ces gens à qui on dévoilerait l'énorme vérité.

L'image du Michel-Lenoir-robot serait diffusée dans toute la ville, sur des milliers d'écrans de télévision et même dans le ciel sous la forme d'hologrammes. Les spectateurs amassés dans l'Amphithéâtre, déjà effrayés par les explosions et les coups de feu, seraient sans doute les plus troublés.

L'émission débuta. Dans le studio, un officier prit le micro et parla avec autorité. Des millions de personnes, à la maison ou à l'extérieur, venaient de le voir apparaître.

Il lui fallait profiter de l'effet de surprise, frapper l'imagination.

**

Lorsque les premières explosions avaient

retenti, une vague de surprise avait déferlé sur les amateurs déjà assis dans les gradins. Puis, quand les coups de feu se firent entendre, la surprise se transforma en panique.

Comprenant d'instinct qu'elle était en danger, la foule se leva pour se déverser dans les escaliers et les couloirs. Des milliers de gorges poussaient le même cri. Pareils à des animaux fuyant une forêt incendiée, les spectateurs n'avaient qu'une idée en tête: quitter vite cet endroit pour échapper à la mort.

Comme les Carabiniers avaient déjà fort à faire avec la foule extérieure, un officier de police décida de bloquer les couloirs pour empêcher les spectateurs de sortir. Dans chaque corridor, on abaissa les panneaux qui servaient normalement de coupe-feu.

S'apercevant qu'ils étaient enfermés dans l'édifice, les spectateurs s'en prirent les uns aux autres, avec une énergie décuplée par la terreur. Les plus sages revinrent sur leurs pas, lorsqu'ils virent que leur tentative de fuite tournait au désastre.

Quand résonna la voix de l'officier rebelle, les deux tiers des spectateurs avaient réintégré les gradins. La plupart étaient debout. Des bruits de fusillade leur parvenaient toujours, entrecoupés de silences.

— Les combattants de la liberté viennent de passer aux actes, dit l'officier. Nous venons de nous emparer des studios de télévision installés dans l'Amphithéâtre. C'est à partir d'un de ces studios que je vous parle.

Au-dessus du dôme recouvrant la patinoire, un hologramme de grandes dimensions était apparu. Il représentait le visage d'un homme d'une quarantaine d'années.

Pour les Inactifs, un hologramme était habituellement synonyme d'autorité. Le brouhaha se tut, remplacé par un silence fragile mais attentif. L'officier reprit la parole.

— Nous avons kidnappé l'un des personnages les plus connus et les plus admirés du Freedom State. Nous ne ferons aucun mal à cet individu et n'exigerons rien pour sa libération. Notre seul but est de vous le montrer tel qu'il est vraiment.

Dans le studio, la caméra contrôlée à distance par Shade se déplaça légèrement vers la gauche. Le visage de Michel Lenoir fixait l'objectif de ses yeux sans expression. La caméra effectua un zoom arrière, et le robot devint visible de la tête aux pieds.

— Voici le meilleur joueur de l'équipe des Raiders, déclara la voix de l'officier. Le meilleur joueur de hockey du monde. Vous le connaissez bien. Vous voyez son visage presque tous les jours. Vous l'admirez. Vous lui obéissez. Ce soir, si nous ne l'avions pas kidnappé, il vous aurait émerveillés encore une fois par son jeu spectaculaire, par son talent exceptionnel, par sa fougue.

Les spectateurs ne saisissaient pas très bien ce qu'on leur montrait. Ils voyaient un joueur de hockey assis dans un fauteuil, mais ils n'avaient pas encore reconnu leur idole.

— Si nous ne l'avions pas enlevé, il vous aurait peut-être parlé après la partie, comme il le fait si souvent. Il vous aurait dit d'accepter votre sort, de rejeter tout désir de révolte, puisque vos dirigeants savent ce qui est bon pour vous et qu'ils s'occupent de vous. Il vous aurait dit, encore une fois, que si vous crevez de faim, ce n'est la faute de personne.

L'officier fit une pause avant d'ajouter:

— Voilà certainement ce que vous aurait dit Michel Lenoir!

Chapitre 6

Je suis un rebelle

En entendant le nom qui leur était si cher, les spectateurs eurent une réaction unanime de joie et de soulagement. Dans les gradins, il y eut des cris, des applaudissements, des sifflements.

Comme toujours, Michel Lenoir était là, veillant sur eux, les couvant de son regard paternel et bienveillant. Ce qu'ils venaient de vivre était déjà loin. Michel Lenoir les avait sauvés. Michel Lenoir ne les abandonnerait jamais.

Mais alors...? Pourquoi donc Michel avait-il cet air étrange, pourquoi son visage était-il si terne, pourquoi ne souriait-il pas? Et que faisait-il dans ce fauteuil, immobile comme une statue, lui qui débordait habituellement d'une énergie surnaturelle?

— Nous avons enlevé Michel Lenoir pour vous montrer ce qu'il est vraiment, continuait la voix du rebelle. Regardez-le bien.

La caméra prit le robot en gros plan.

— Vous le voyez? Examinez-le attentivement. Le reconnaissez-vous? C'est lui, n'est-ce pas? C'est bien Michel Lenoir?

Avec docilité, les amateurs de hockey étudiaient l'immense visage projeté au-dessus du dôme. Les cris s'éteignaient. Les applaudissements diminuaient. Un affreux doute empêchait ces gens de continuer à exprimer leur bonheur.

— Ce que vous voyez n'est même pas un homme! Nous avons capturé cette chose. Elle est ici dans ce studio de télévision. Nous pouvons faire d'elle ce que nous voulons, elle ne réagira pas. Vous savez pourquoi?

Un silence dramatique succéda à cette question. Puis l'officier y répondit lui-même.

— Parce que c'est un robot! Oui, Michel Lenoir en qui vous avez mis votre confiance n'est qu'une machine. Vous avez été trompés!

Dans la régie, le vrai Michel Lenoir se tourna vers Virginia Lynx. Tout son corps tremblait. Virginia lui prit la main et la serra.

Depuis trois ans, Michel attendait cet instant de vérité. Mais au lieu d'éprouver du plaisir, il avait peur.

Les conjurés présents dans la régie retenaient leur souffle. On n'entendait plus de coups de feu depuis quelques minutes.

Puis un communicateur portatif grésilla à côté de Shade. Elle s'en empara. Cet appareil lui permettait de communiquer avec des groupes de rebelles postés à divers endroits de la ville.

— Rapport de la cellule 4, dit une voix de femme dans le communicateur. Ancienne Ville, secteur E.

— Ici Shade. J'écoute.

— Je suis postée à la fenêtre d'un immeuble. Les hologrammes sont bien visibles dans le ciel. Les Inactifs les regardent. Mais on dirait qu'ils n'y croient pas. Ils ne réagissent pas.

Soucieuse, Shade se mit en contact avec une autre cellule de l'Ancienne Ville. On lui fit un rapport identique. L'attention des

Inactifs était attirée par les hologrammes, mais la réaction prévue ne se produisait pas.

— Les Adorateurs de Kadar demandent à tout le monde d'écouter et de se tenir tranquille, dit le chef d'un autre groupe. Les gens craignent ces fanatiques, alors ils se taisent.

Une cellule de la Nouvelle Ville rapporta que les Actifs se comportaient de la même façon.

Shade posa le communicateur et marcha vers Michel et Virginia. Elle s'adressa au jeune homme.

— Entrez dans le studio et parlez à la population. Voir ce robot ne lui suffit pas. Pour réagir, il faut qu'elle vous voie, vous, et qu'elle vous entende.

— Ils ne reconnaîtront pas mon visage. C'est moi qu'ils vont prendre pour un imposteur.

Shade eut un geste d'impatience.

— Votre voix est restée la même. Et puis, vous n'avez pas tellement changé. Allez-y. Sinon, tout ce que nous préparons depuis des années aura été vain.

La réponse de Michel se fit attendre. Virginia se taisait.

— Très bien, dit Michel. Je vais leur

parler.

Il entra dans le studio et s'approcha avec hésitation de son double cybernétique. L'homme qui avait parlé jusqu'à présent lui donna le micro. Michel regarda l'objectif de la caméra et prit une profonde inspiration.

Il ne savait pas encore ce qu'il dirait. Au lieu de s'organiser en phrases cohérentes, les mots sautillaient dans son esprit, filant dans toutes les directions.

— Je m'appelle Michel Lenoir, commença-t-il.

Que devait-il dire maintenant? Ah oui! Parler de son apparence, expliquer pourquoi il n'était pas tout à fait semblable au Michel Lenoir que les gens connaissaient.

— En me regardant, vous vous dites peut-être que je mens. Je ne ressemble pas à celui que j'affirme être. Pourtant je suis Michel Lenoir, le seul, le vrai. J'ai changé parce que des voyous m'ont cassé le nez et la mâchoire. Ils m'ont défiguré. Mais en dedans, je suis resté le même. Je suis Michel Lenoir.

Il tendit le bras vers le robot.

— Cette chose qui possède mon apparence n'est pas un être humain. J'admets qu'elle ressemble plus que moi au Michel

Lenoir que vous avez connu, mais ceux qui mettent au point les robots sont très forts. Les robots ont pris votre place dans presque tous les emplois. L'un d'eux a même pris ma place à moi. C'est cette machine-là, faite à mon image, qui joue à ma place depuis trois ans.

Lentement, Michel s'enflammait.

— Ceux qui détiennent le pouvoir se sont servis de cette machine pour vous faire croire que j'étais d'accord avec eux. Mais ce que le vrai Michel Lenoir pensait, c'était bien différent!

Totalement concentré sur ce qu'il avait besoin de dire, Michel ne pensait déjà plus à la rébellion ni à Shade, à la violence future ni à la mort. Ce qui lui importait, c'était de déchirer le voile qui dissimulait la vérité à la population.

— Pendant que vos dirigeants se moquaient de vous en exhibant un faux Michel Lenoir, savez-vous où était le vrai, où j'étais, moi? Je n'étais plus avec les riches, je n'avais plus de bel appartement et je ne mangeais plus à ma faim. J'étais dans l'Ancienne Ville parmi les Inactifs. J'étais avec vous. Et comme le vôtre, mon corps maigrissait, pendant que le faux Michel

Lenoir disait avec le sourire qu'il fallait se soumettre.

La caméra montra les poings de Michel qui se serraient.

— Je ne pouvais pas lui répondre, je ne pouvais pas crier à tous qu'il mentait. Parce que si j'étais apparu en public, les Gardiens m'auraient tué. David Swindler veut ma mort, car il sait que je ne pense pas comme lui.

Des voyants s'allumèrent sur le communicateur de Shade.

— Cellule 18 au rapport, dit une voix. Ça marche. La foule commence à s'agiter.

— Je suis au Reagan Plaza, dans la Nouvelle Ville, annonça quelqu'un sur une autre fréquence. Ça va barder si ça continue. Un attroupement vient de se former autour de l'hologramme, et les gens n'ont pas l'air de bonne humeur.

— Rapport cellule 7, Ancienne Ville, secteur B. Les Adorateurs de Kadar sont en train de faire du grabuge. Les Gardiens se tiennent prêts à intervenir. Mais ils ont l'air d'hésiter parce que la foule est cent fois plus nombreuse qu'eux.

Shade écoutait les messages tout en s'occupant de la console. Elle jubilait.

Virginia Lynx avait entendu, elle aussi, les rapports et elle suivait avec anxiété le discours de Michel. Elle ne l'avait jamais vu manifester autant de passion. Elle comprenait avec une précision nouvelle pourquoi David Swindler avait tenté de l'éliminer.

Michel pouvait convaincre les foules, exiger n'importe quelle action. En s'exprimant ouvertement, il pouvait provoquer la fin d'un règne basé sur l'ignorance. Ce que Swindler et les siens craignaient par-dessus tout était justement en train de se produire.

Shade pressa l'interrupteur du son et bloqua la caméra sur un gros plan du robot. Inquiète, Virginia la vit s'éloigner de la console et entrer dans le studio. Elle voulut la suivre, mais un rebelle l'empêcha de franchir la porte.

— Laissez-moi tranquille. Qu'est-ce qui vous prend?

L'homme la maintenait avec fermeté, mais sans rudesse.

— Ils ne vous entendent plus, dit Shade à Michel. J'ai coupé le son.

— Qu'est-ce qui se passe?

— Vos auditeurs réagissent tellement bien que vous allez en rajouter.

— En rajouter?

— Demandez-leur de se soulever, Michel. De se battre pour vaincre l'injustice. Dites-leur que la guerre de libération vient de débuter.

Un sourire désabusé se dessina sur les lèvres de Michel.

— Je me doutais bien qu'on en arriverait là. Depuis que vous connaissez la vérité, vous ne pensez qu'à ça, m'utiliser à votre tour! Faire de moi votre porte-drapeau pour pousser les gens vers la mort! D'autres que vous se sont déjà servis de moi. J'en ai assez.

— Nous nous battons pour la justice, Michel. Dans ce combat, vous êtes notre plus précieux allié. Refuser de jouer le rôle qui vous revient équivaudrait à une trahison.

Michel baissa la tête. Tout son corps s'était relâché sous l'effet de la lassitude.

— Vous êtes leur dieu, poursuivait Shade avec énergie. Si vous leur demandez de se battre, ils vont vous écouter.

— Exact, dit Michel avec fatigue. Ils seraient prêts à mourir pour le dieu qu'ils adorent. Mais ce qui cloche là-dedans, c'est qu'ils se trompent. Je ne veux être adoré par personne, Shade.

— Votre opinion sur vous-même n'a aucune importance. Ce qui compte, c'est ce que la population pense de vous. Michel, faites votre devoir, je vous l'ordonne!

Michel la toisa sans dire un mot.

— Shade! cria Virginia, restée à l'entrée de la pièce. Vous demandez à Michel de conduire ces gens à l'abattoir. C'est de la folie pure!

Shade n'écoutait pas. Son regard glacial affrontait celui de Michel.

Enfin, comprenant qu'il ne voulait pas se soumettre, elle s'empara d'un fusil-mitrailleur posé contre le mur. Virginia eut un mouvement dans sa direction, mais l'homme qui la surveillait la retint. Shade pointa l'arme vers la poitrine de Michel.

— Je ne vous donne pas le choix, Michel Lenoir! dit-elle avec rage. Vous allez m'obéir ou je vous tue!

Michel soutenait toujours son regard. Il respira profondément avant de répondre.

— Je refuse de dire à ces gens ce qu'ils doivent faire. S'ils veulent risquer leur vie, qu'ils le fassent pour eux-mêmes. Pas pour obéir à une autorité.

Le doigt de Shade était dangereusement crispé sur la détente. Les muscles de son visage se raidissaient. Elle se préparait à tirer.

À ce moment, une femme entra précipitamment dans le studio.

— Le peuple se soulève! lança-t-elle avec joie. Partout à Lost Ark, la population est descendue dans la rue pour se battre.

— Tu en es sûre? demanda Shade sans la regarder.

— Tous les rapports le confirment. Les Gardiens ont commencé à se regrouper afin de repousser les attaques.

Shade n'abaissa pas tout de suite le canon du fusil, comme si elle se demandait si elle laisserait la vie sauve à Michel.

Puis elle détourna les yeux, suivit la femme jusqu'à la porte et disparut. Le rebelle qui immobilisait Virginia relâcha son étreinte et quitta le studio à son tour.

La journaliste massait ses bras endoloris. Michel fixait le sol. Chacun d'eux souhaitait que l'autre dise quelque chose. C'est Virginia qui brisa le silence.

— Chapeau, Michel Lenoir!

Pensivement, Michel secoua la tête.

— C'est parce que je suis un rebelle, Virginia. Un vrai rebelle ne pouvait dire oui à ce qu'elle demandait.

Chapitre 7

Contre-offensive

L'enlèvement du robot de Michel Lenoir avait pris les Gardiens par surprise. Cependant, ils réagirent vite à la situation.

La Loi d'urgence en vigueur dans l'Ancienne Ville accordait déjà aux Gardiens et aux Carabiniers des pouvoirs exorbitants. Dans le nouveau contexte, cette loi ne suffisait plus.

Désormais, les deux corps de police avaient pour tâche de défendre une ville menacée par de dangereux insoumis. En état de guerre, les lois n'ont plus cours. Seule compte alors la parole des armes.

L'état-major des Gardiens entra en communication avec la Forteresse. Moins de dix minutes après l'attaque des insurgés, Paperback demandait à être introduit auprès de l'Entité symbiotique Swindler. Sa requête fut acceptée, et David Swindler écouta le rapport de son secrétaire.

Quelques minutes plus tard, Paperback envoyait le message suivant à l'état-major:

> *Guerre civile appréhendée.*
> *Déclencher contre-offensive.*
> *Toutes les unités au combat.*

La riposte des Gardiens s'organisa rapidement.

Des transporteurs militaires bourrés de policiers atterrirent dans l'Ancienne Ville. Un bataillon fut envoyé à l'Amphithéâtre, dans le but d'investir l'édifice et d'en déloger les rebelles.

D'autres reçurent l'ordre d'occuper les secteurs commerciaux de la Nouvelle Ville pour protéger les magasins et les entreprises. La surveillance des édifices publics et gouvernementaux, considérés comme négligeables, fut laissée aux Carabiniers.

Lorsque l'authentique Michel Lenoir, celui qui avait un vrai coeur et un vrai cerveau, commença à parler à la population, les

Gardiens assiégeaient déjà l'Amphithéâtre.

Un désordre de champ de bataille régnait autour de l'édifice.

Les Carabiniers n'avaient pas eu le temps d'évacuer les blessés et les cadavres. Dans le hall d'entrée, des rebelles tiraient sur les Gardiens et leurs véhicules. Plus loin, des hologrammes de Michel avaient attiré de petits groupes parmi les spectateurs dispersés par les explosions. Des Adorateurs de Kadar les incitaient à la violence.

Des combats éclatèrent entre les policiers et les Inactifs, mains nues contre matraques jusqu'au moment où les Gardiens utilisèrent des gaz. Autour de l'Amphithéâtre, le nombre d'Inactifs augmentait. La police tira des coups de feu dans la foule. Le sang coulait. Des corps tombaient les uns sur les autres.

Les Gardiens et les Inactifs semblaient avoir perdu la raison. Pour les Inactifs, le temps était venu de hurler leur colère. Ils couraient vers un ennemi dans l'intention de lui arracher les yeux, sans songer un seul instant qu'une balle bien placée est plus forte que la haine.

Pour les Gardiens, il s'agissait d'appliquer ce qu'on leur avait appris au cours de la période d'entraînement. À la différence, toutefois, que ce n'était plus de la simulation.

La bataille était ponctuée de bruits assourdissants, éclairée par des nuages de feu ou des faisceaux lumineux qui s'entrecroisaient.

Profitant de la confusion, le commando de Shade réussit à sortir de l'édifice et à prendre le large.

***

Dans chaque quartier de l'Ancienne Ville, les Inactifs avaient entendu le discours de Michel Lenoir. Stimulés par leur propre fureur, fouettés aussi par les Adorateurs de Kadar qui criaient à la profanation, ils se déchaînèrent contre ceux qui les opprimaient depuis si longtemps.

Des attroupements se formaient devant les postes de Carabiniers. Des foules armées de bâtons ou de cailloux se ruaient vers les patrouilles de Gardiens qui arpentaient les rues. Des groupes de voyous laissaient enfin libre cours à leur soif de vandalisme, détruisant tout ce qui était à leur portée.

Dans la Nouvelle Ville, le déchaînement

de la violence était moins généralisé. Mais quand les premières bombes chimiques explosèrent parmi les manifestants, quand les gigantesques véhicules de combat survolèrent les édifices en crachant des flammes, quand on commença à compter les morts par dizaines, alors le chaos fut égal à celui de l'Ancienne Ville.

Un peuple se soulevait.

Appuyés par des milliers de gens, les conjurés profitèrent du désordre général pour appliquer les plans fignolés en secret depuis des mois. Leur but? S'emparer des centres névralgiques, tels les postes de Carabiniers et de Gardiens, les entrepôts d'armes installés à divers endroits de la ville, les stations de radio, de télévision et d'holographie.

À cause de la pagaille, ils n'eurent pas de véritable difficulté à investir le siège du gouvernement. Seuls quelques députés et ministres furent faits prisonniers, car la plupart d'entre eux avaient fui dès le début de l'insurrection.

Des combats extrêmement féroces eurent lieu près des usines de fabrication de robots. Se voyant déjà futurs dirigeants du Freedom State, les conjurés voulaient

s'emparer de ces importants centres indus-
triels, tandis que les Gardiens avaient reçu
l'ordre de les défendre à tout prix.

Au fil des heures, la violence connut une
escalade que personne n'aurait pu prévoir.

Pour contrer le monstrueux raz de marée
qui menaçait de tout balayer sur son passage, on aurait dit que l'armée de Swindler
ne suffisait pas. Pourtant elle disposait de
milliers de combattants bien entraînés, de
véhicules terrestres et aériens spécialement
conçus pour la répression massive. Elle
disposait également d'armes redoutables,
chimiques, bactériologiques et neuro-
logiques.

Les combattants de David Swindler furent peu à peu obligés de céder le terrain
qu'ils croyaient imprenable.

***

Entassés dans la pièce étroite qui servait
de quartier général provisoire, une vingtaine
de rebelles attendaient les instructions de
Shade. Virginia Lynx était parmi eux, tandis que Michel Lenoir avait préféré rester
seul.

— Notre prochain objectif consiste à

nous emparer de la Forteresse, dit Shade. Inutile de vous signaler que cet édifice est le mieux protégé du Freedom State. Sachez néanmoins que depuis quelques jours, le Conseil des officiers est en possession des plans complets de son système de protection.

Un murmure enthousiaste parcourut l'assemblée.

— Nous croyons qu'il est possible de venir à bout de la plupart des éléments de ce système par des méthodes ordinaires, dont les explosifs. Malheureusement il existe un obstacle ultime. Et celui-là est, en théorie, infranchissable.

À cette annonce, la rumeur se tut.

— Quel est cet obstacle? demanda Virginia.

— Un écran translucide entoure complètement la Forteresse. Constitué d'une énergie dont nous ignorons la nature, cet écran est impossible à percer avec des outils conventionnels.

Shade n'ajouta rien d'autre. Ce qu'elle venait de leur apprendre aurait dû la décourager ou, du moins, ébranler sa confiance. Ce n'était pas le cas. Son assurance habituelle ne semblait pas sur le point de faiblir.

— Dans ce cas, intervint la journaliste, que vous reste-t-il à faire?

Un sourire énigmatique se dessina sur les lèvres de Shade.

— Faites-moi confiance, répondit-elle. Le moyen de percer cet écran sera bientôt à notre disposition.

Il n'y avait pas que du mystère sous les paroles de Shade. Virginia y avait distinctement perçu une légère note de cruauté.

De cruauté, sinon de sadisme.

***

Lorsqu'un commando de rebelles envahit le hangar servant de résidence à la communauté des Mages, ce fut comme si une tornade venait de s'y engouffrer. Les conjurés n'étaient pas si nombreux pourtant. Mais la vue des fusils-mitrailleurs que portaient sept d'entre eux déclencha la panique.

Aucun Mage ne tenta d'affronter l'envahisseur. La réaction générale fut plutôt de courir se cacher dans les recoins du hangar ou de se dissimuler derrière les meubles. Les enfants cherchaient les adultes contre lesquels ils se blottissaient ensuite en tremblant.

S'apercevant qu'aucun rebelle n'avait encore tiré de coup de feu, les Mages finirent par se calmer. Sous la menace des armes, le commando les força ensuite à reculer jusqu'au fond du hangar. Là, ils se tinrent debout, serrés les uns contre les autres, tournant leurs visages inquiets vers cet ennemi nouveau et inattendu.

— Nous avons reçu des ordres en ce qui vous concerne, déclara le chef du commando. Il serait préférable d'obéir, sinon quelques-uns d'entre vous pourraient bien perdre la vie. Qui, ici, s'appelle Tagaras?

Le vieux Mage sortit du groupe, mais demeura à une distance respectueuse des rebelles.

— Je suis Tagaras. Qui vous a ordonné d'agir ainsi?

— Shade a donné les ordres.

— Et dans quel but êtes-vous entrés ici en sauvages? Shade nous considère-t-elle à présent comme ses adversaires?

— Nous avons reçu l'ordre de vous emmener avec nous, Tagaras. Shade veut vous proposer quelque chose.

Tagaras eut un haut-le-corps comme s'il avait entendu une insulte.

— Une proposition? Ah, je devine ce

qu'elle attend de nous! Elle veut que nous participions à la bataille, n'est-ce pas? Elle a besoin de nos pouvoirs! Alors, dites-lui que je refuse! Nous ne voulons pas l'aider à faire couler le sang.

Quelques-uns des rebelles eurent un sourire cynique.

— Shade prévoyait votre réaction, répondit le chef du commando. C'est pourquoi vous ne serez pas le seul que nous devrons emmener. Tous les enfants de votre communauté nous accompagneront aussi.

Des cris d'indignation et d'horreur jaillirent du groupe des Mages. Des enfants éclatèrent en sanglots.

— Quelle sorte de rebelles êtes-vous donc? demanda Tagaras dont la voix tremblait de colère. Prendre des enfants en otages au nom de la liberté? Ceci est abject!

— Assez parlé! coupa le rebelle. Regroupez vos enfants, et vite!

Insensibles aux supplications qui retentissaient dans le hangar, les conjurés gardaient leurs armes pointées vers les Mages. Tagaras regarda le chef du commando durant un long moment, partagé entre l'envie puissante de manifester sa haine et la douloureuse certitude qu'il lui fallait se soumettre.

Se tournant vers les siens, il leur dit d'une voix accablée:

— Nous devons obéir.

Quelques minutes plus tard, les rebelles quittaient les lieux, tenant en joue une quinzaine d'enfants affolés qui hurlaient leur désespoir.

**

— Alors? s'impatienta Shade. Vous y parviendrez, oui ou non?

Depuis le début de l'entretien, Tagaras s'efforçait de ne laisser transparaître aucune émotion.

— Vous affirmez vous-même, dit-il, que vous ignorez la nature de cet écran énergétique. Comment pourrais-je répondre avec certitude à votre question?

— Je sais de quoi les Mages sont capables, Tagaras! Je vous ai déjà vus à l'oeuvre! Vous réussirez à percer cet écran grâce à vos pouvoirs psi! Sinon...

Elle parut hésiter à terminer sa phrase. Tagaras l'observait sans ciller.

— Je devine la suite. Votre détermination est proportionnelle à votre insensibilité. Si je refuse, vous n'hésiterez pas à assassiner nos enfants.

Une lueur glaciale scintilla dans les yeux de Shade.

— Je vois que nous nous comprenons, dit-elle. Cela signifie que vous acceptez ma proposition?

Le vieil homme ne répondit pas immédiatement.

— J'espère qu'un jour vous connaîtrez la souffrance, Shade. Il n'y a rien de tel pour faire fondre les glaces qui emprisonnent le coeur.

**

— Quoi! fit Virginia Lynx. Qu'est-ce que tu racontes?

— C'est la vérité, répondit Michel. Tous les rebelles sont au courant ici. Quinze enfants de la communauté des Mages ont été séquestrés. Ils serviront de monnaie d'échange contre les services des adultes.

— Je vais lui parler! s'écria la journaliste en se redressant.

Mais déjà Michel l'avait retenue.

— Parler à qui? À Shade? Et tu crois qu'elle va changer d'idée?

— Peu m'importe! Nous ne pouvons

pas laisser faire ça!

— Virginia, écoute... Shade se méfie de nous, tu le sais. Et nous ne lui sommes plus d'une grande utilité maintenant. Si nous ripostons, il lui sera facile de nous enfermer quelque part ou même de nous exécuter. Notre sort est entre ses mains, tu comprends? Malgré les apparences, elle nous tient prisonniers.

Avec lassitude, Virginia se rassit, puis elle se prit la tête entre les mains.

— Notre vie ne tient plus qu'à un fil, reprit Michel. Le mieux est de ravaler notre colère et d'attendre le moment propice pour réagir.

— Oui, tu as raison, murmura la journaliste. Il faut attendre le moment propice...

Elle releva lentement la tête.

— Si ce moment arrive un jour!

Chapitre 8

L'antre du dragon

La nuit était tombée depuis plusieurs heures.

L'univers sonore enveloppant la Forteresse s'apparentait au silence, en comparaison de la fureur qui grondait partout ailleurs dans la ville. En temps normal, la Zone privée était le territoire le moins accessible de Lost Ark. C'était encore plus vrai à présent.

Toutefois, trois commandos de rebelles étaient parvenus, non sans mal, à s'introduire chez l'ennemi. Deux de ceux-là avaient déjà exécuté leur mission: détruire les centrales qui alimentaient la Zone privée en énergie. Pour y arriver, ils avaient dû laisser de nombreux blessés derrière eux et sacrifier plusieurs de leurs combattants.

La Zone privée se trouvait presque plongée dans le noir. Au coeur du territoire maudit, seuls quelques édifices dotés d'une centrale autonome étaient encore éclairés. Leur lumière tentait de percer le brouillard qui stagnait, obscur et lourd, épaissi par la fumée charriée par le vent depuis les quartiers en flammes.

Au Sud, s'élevait effrontément la Forteresse. Informe, laide, gigantesque, elle n'avait rien perdu de son arrogance malgré ce qui la menaçait.

Shade dirigeait le troisième commando qui s'était engagé dans la Zone. Elle se tourna vers Tagaras.

— Et ici, sentez-vous la présence de l'écran?

Le regard du vieux Mage parcourut l'étendue déserte qui les entourait, nappée d'une brume noire. Puis il fixa un à un les Mages qui l'accompagnaient. Des bruits étouffés d'explosion parvenaient jusqu'à eux. Parfois un éclair lointain zébrait le ciel.

Enfin, Tagaras se résigna à répondre.

— Nous captons sa présence.

Dans le visage de Shade, seuls les yeux sourirent. Michel Lenoir et Virginia Lynx échangèrent un regard inquiet.

— Alors, dit Shade, vous savez ce qu'il vous reste à faire. Il y va de la vie de vos enfants.

Tagaras adressa un signe de tête à ses compagnons et se rangea parmi eux. Ensuite il ferma les paupières, et ses traits se détendirent lentement.

Au cours des minutes qui suivirent, chacun des Mages atteignit le même état de détente et de concentration que Tagaras. Les guerriers qui les encerclaient scrutaient les alentours en manifestant des signes d'impatience.

Un gémissement s'échappa des lèvres du vieux Mage, s'amplifiant au fil des secondes. Il fut repris par ses compagnons. Intéressée, mais troublée aussi, Virginia Lynx assistait à pareille cérémonie pour la première fois. Elle refusait de croire que l'expérience donnerait des résultats. Cependant, l'impatience de Shade et le respect qu'elle notait chez Michel modéraient son scepticisme.

Le chant des Mages s'éteignit presque d'un coup. Le visage de Tagaras se crispait de plus en plus, comme sous l'effet de la douleur.

— Je sens une forte résistance, dit-il péniblement. Le mur est puissant. Je n'ai jamais senti quelque chose de semblable.
C'est difficile... difficile...

— Cessez de dire n'importe quoi! lança
Shade. Il faut que vous perciez cet écran!
C'est tout ce que je vous demande!

Tagaras plaqua ses mains contre son visage. L'intervention de la femme lui avait
fait mal physiquement. Indigné, Michel
Lenoir s'approcha vivement de Shade.

— Foutez-lui la paix, dit-il le plus bas
possible. Il vous obéit, c'est déjà beaucoup,
non?

Un rebelle s'était interposé en pointant
son arme, mais Shade n'avait pas continué.
Les mains de Tagaras retombèrent. Ses
yeux s'ouvrirent.

— La brèche apparaît, elle s'élargit.
Nous allons pouvoir passer.

Il serra les poings pour maîtriser les se-
cousses de ses membres. Les yeux grands
ouverts sur le vide, il marcha ensuite d'un
pas résolu, droit devant. Les autres Mages
le suivirent, sans trébucher malgré leurs
yeux clos. Shade fit signe aux guerriers
d'avancer.

La Forteresse se dressait à un ou deux

kilomètres de là. Après avoir parcouru la moitié de cette distance, Tagaras s'arrêta pour se tourner vers ceux qui le suivaient.

Le commando était maintenant sorti du terrain vague qui bordait la frontière de la Zone privée. Une variété de bitume extrêmement dur remplaçait le sable et les cailloux. Par de rares éclaircies dans la brume épaisse, on pouvait parfois entrevoir l'un ou l'autre des édifices qui flanquaient la Forteresse.

— Nous sommes passés à travers l'écran, annonça Tagaras.

— Pourrons-nous refaire le trajet en sens inverse? demanda Shade.

— L'écran s'est déjà refermé. Si nous avons le temps de nous préparer, nous pourrons ouvrir une autre brèche plus tard.

Shade désigna trois rebelles.

— J'emmène Tagaras avec moi. Vous, restez ici avec les autres Mages. Il ne faut pas qu'il leur arrive quoi que ce soit, vous me comprenez? Nous avons besoin d'eux pour sortir d'ici.

Sans attendre, Shade continua sa progression vers la Forteresse. Son commando se limitait maintenant à six guerriers, plus Virginia, Michel et Tagaras.

— Il y a quelque chose qui m'inquiète, glissa Virginia à Michel. C'est trop facile. Nous voilà rendus à un kilomètre à peine de la Forteresse et nous n'avons pas encore croisé la moindre patrouille. Normalement, nous aurions dû tomber sur des Gardiens tous les cent pas.

— Ils sont sûrement occupés ailleurs.

— Sans doute. Mais David Swindler n'aurait pas laissé la Forteresse avec si peu de protection.

— L'écran énergétique, c'est déjà toute une protection, tu ne trouves pas? Sans les Mages, nous serions restés bloqués derrière.

— Tu as raison, mais je ne suis pas rassurée. Il y a quelque chose qui cloche, Michel!

Arrivé sans encombre au pied de la Forteresse, le groupe cessa de marcher. Les bruits de combat qui leur parvenaient étaient encore plus ténus, comme si l'immense édifice avait le singulier pouvoir de les éloigner. Véritable montagne architecturale, la Forteresse ne semblait d'ailleurs jaillir du sol que pour imposer à toutes choses son orgueilleuse invincibilité.

Shade, qui connaissait les plans de l'édifice, désigna un point sur la gauche.

— Il y a une entrée par là. Trois d'entre vous iront dans cette direction munis des canons à faible portée.

Dans le groupe qui l'écoutait avec appréhension, elle choisit deux hommes et une femme.

— La porte est certainement gardée. Tirez sur tout ce qui bouge, puis faites exploser le mur. Nous vous attendons. Bonne chance.

Sans un mot, les trois rebelles disparurent dans le brouillard.

Peu de temps après, des salves de mitraillettes déchirèrent le silence, suivies de bruits d'explosions. L'affrontement dura une dizaine de minutes, et le calme revint. Enfin une dernière explosion retentit, plus forte que les précédentes.

— Ils ont défoncé la porte, dit Shade.

Les fusils-mitrailleurs crachèrent de nouveau, longtemps. Un cri parvint à leurs oreilles.

— Il y avait aussi des Gardiens à l'intérieur, tenta d'expliquer Michel. J'espère qu'aucun des nôtres n'a été tué.

— Ce qui compte, c'est que l'entrée soit libre. Nous le saurons bientôt.

Un homme réapparut en soufflant. La

mission avait réussi, mais l'un de ses compagnons avait été grièvement blessé.

Les autres membres du commando lui emboîtèrent le pas.

Dans le flot de lumière qui sortait par la porte, une silhouette féminine se penchait sur le blessé. À quelques mètres de lui, son bras sectionné émergeait de la ferraille brûlante. Deux Gardiens gisaient sur le sol, la poitrine trouée.

Michel eut brusquement la nausée, tandis que Virginia détournait les yeux. Tagaras regardait la scène, horrifié.

— Il s'en sortira, affirma Shade.

— Mais il perd tout son sang! gémit la femme avec désespoir. Il faut le soigner!

— Nous nous occuperons de lui plus tard. Ce qui presse, c'est d'entrer dans la Forteresse. Venez.

— Ça suffit, Shade! dit Virginia. Vous allez trop loin. Cet homme se meurt: quelqu'un doit rester ici pour le soigner.

Les rebelles attendaient visiblement de Shade une marque d'humanité. Craignant de voir s'émousser leur obéissance, elle décida de ne pas les décevoir.

— Tu peux rester ici, concéda-t-elle à la femme. Vous autres, vous entrez avec moi.

Franchissant l'ouverture créée par la déflagration, ils enjambèrent les cadavres de deux autres Gardiens.

— Il y en avait seulement quatre? demanda Virginia à celui qui avait participé à l'opération.

— Oui. Deux Gardiens étaient postés dehors et deux autres à l'intérieur.

— Quatre individus pour garder la Forteresse! Vous avez entendu, Shade?

L'interpellée regarda la journaliste avec méfiance.

— Qu'avez-vous donc derrière la tête?

— Je crois que la protection de la Forteresse aurait dû équivaloir à cent fois ce que nous avons vu. Le Freedom State est en train de flamber dans une guerre civile. Puisque le siège de tous les pouvoirs est ici, la Forteresse devrait être parfaitement imprenable! Au lieu de ça, on y entre comme dans un moulin.

— Vous exagérez, mais vous avez peut-être raison. Il est vrai que tout est trop facile.

— Ça sent le piège à plein nez! dit encore Virginia. Alors, que faisons-nous?

Shade ne perdit pas une seconde pour se décider.

— Continuons. Nous verrons bien.

— Moi, je n'avance plus, déclara Michel.

Shade lui fit face. D'un geste théâtral, elle sortit le pistolet de sa ceinture et le braqua sur lui.

— Je ne vous laisse pas le choix, comme vous pouvez le constater.

— Très bien. Mais rentrez-vous ça dans le crâne, Shade: un jour, vous et moi, nous réglerons nos comptes.

L'entrée donnait sur un couloir très large, aux parois métalliques et nues, éclairé par de petits rectangles lumineux encastrés dans le plafond. Ils atteignirent le premier embranchement sans que d'autres Gardiens se manifestent.

Ce nouveau couloir était vide, lui aussi. Le silence était total.

— Ou bien Swindler nous a tendu un formidable piège, dit Virginia. Ou bien...

Elle laissa sa phrase en suspens.

Ils tournèrent à gauche. À mi-chemin, Michel s'arrêta soudain.

— N'avancez plus! J'ai entendu quelque chose!

Chapitre 9

Le 22ᵉ étage

En entendant l'avertissement de Michel, les rebelles avaient pointé leurs armes vers le bout du couloir.

— Tout est silencieux, dit calmement Shade. Vous avez dû vous tromper.

Un cliquetis se fit entendre, venant de l'endroit où ils se dirigeaient. Instinctivement, ceux qui n'étaient pas armés reculèrent. Le bruit se répéta, plus proche à présent.

— Couchez-vous, ordonna Shade en se plaquant au sol.

Devant, il y eut un bruit semblable au raclement d'un objet contre une surface métallique.

— Les voilà! souffla Tagaras. Ils vont tourner le coin. Mais je ne les sens pas. Ce ne sont pas des humains!

Ce qui apparut au bout du couloir ne ressemblait à rien de connu. C'était un énorme objet en forme de roue dont les jantes épaisses étaient parcourues de petits éclairs colorés. La machine roulait très lentement, comme si elle pesait des tonnes.

— Tirez! cria Shade.

Les tirs de trois mitraillettes se concentrèrent sur la machine. Elle continuait cependant d'avancer vers eux, imperméable aux projectiles qui se fracassaient sur ses parois. L'un des guerriers arma son canon, visa, et un obus vint percuter contre elle. Un bref éclair jaillit du choc.

La machine s'immobilisa, puis elle s'abattit lourdement sur le côté. Les membres du commando se redressèrent avec prudence.

— Hors d'usage, fit Virginia.

Couchée sur le flanc, la machine obstruait les trois quarts du chemin. Ils durent longer le mur un à un pour continuer.

— Je ne sais pas à quoi sert cet engin, dit Shade, mais j'espère que nous n'en rencontrerons pas d'autres.

Au bout du couloir, elle tourna à droite. Elle eut un sourire quand elle aperçut la porte d'un ascenseur juste à gauche.

— Les plans disaient vrai. Cet ascenseur devrait nous conduire au 22e étage.

Trois ans auparavant, Virginia et Michel s'étaient introduits clandestinement au 22e étage de la Forteresse. C'est là qu'ils avaient découvert plusieurs dizaines de «sarcophages», chacun renfermant un être humain. Ces individus étaient des vieillards artificiellement maintenus en vie, tout comme David Swindler à l'époque.

Du premier au dernier, ils avaient joui d'énormes pouvoirs, politiques ou économiques, lorsqu'ils étaient autre chose que des morts vivants. Mais Virginia et Michel avaient compris que cette pitoyable forme d'immortalité leur assurait toujours une mainmise partielle sur le monde.

Shade marcha vers l'ascenseur.

— Préparez-vous à faire feu, dit-elle aux trois conjurés. Il y aura peut-être des Gardiens dans la cabine.

Elle pressa le bouton commandant l'ouverture de la porte, puis se déplaça rapidement pour se protéger en cas d'attaque.

Le panneau s'abaissa. Personne n'était

caché dans la cabine. Avant d'entrer, Shade eut un moment d'hésitation.

— Vous flairez le piège, vous aussi? demanda Virginia.

— Nous n'avons pas le choix, répondit Shade. Piège ou non, nous avons une mission à remplir.

Comme si elle s'était convaincue elle-même, elle pénétra dans l'ascenseur. Les autres entrèrent à leur tour.

Shade étudia l'alignement des boutons-poussoirs. Ils étaient tous jaunes ou verts, sauf un. Celui permettant d'accéder au 22e étage était de couleur rouge.

— Il y a certainement un système de protection, dit Shade. Je ne crois pas qu'il suffise de presser ce bouton pour que l'ascenseur nous mène là-haut.

Elle appuya sur le chiffre 22. Rien ne se passa.

Virginia regarda Michel. Au cours de leur première visite, ils avaient dû utiliser une clé spéciale, dérobée par Michel, pour que l'ascenseur les mène à destination. À sa connaissance, il était impossible d'accéder au repaire des morts vivants sans cette clé.

— Qu'allons-nous faire? dit Shade. Il

faut à tout prix nous rendre au 22e étage!

Saisissant son pistolet, elle s'apprêtait à faire feu sur les commandes de l'ascenseur, lorsque Michel intervint:

— Ce serait inutile, Shade. Prenez plutôt ceci.

Il lui tendit la clé qu'il venait de sortir de sa poche.

— Je l'ai volée à Swindler il y a longtemps. Elle fonctionne peut-être encore.

Puis il ajouta à l'intention de la journaliste:

— La seule chose que j'ai gardée de mon ancienne vie. Je l'ai toujours sur moi.

Shade s'empara de la clé et l'appuya sur le bouton rouge. La cabine commença aussitôt son ascension. Peu après, le chiffre 22 s'alluma à trois reprises.

— Nous arrivons, dit Shade. Tenez-vous prêts.

Les canons des trois mitraillettes s'élevèrent en direction de la porte. La cabine s'immobilisa. Lorsque le panneau se fut abaissé, une paroi métallique bloquait complètement l'ouverture.

— Qu'est-ce que c'est? s'exclama Shade avec irritation. Nous sommes prisonniers ou quoi?

— Cette paroi fait partie du système de protection dont vous parliez, expliqua Michel.

Aussitôt, il pressa le bouton du 22e étage et la paroi coulissa.

Un couloir, plongé dans une pénombre rougeâtre, s'ouvrait devant eux. Aucun garde n'y était visible. Ils sortirent.

Sur leur gauche, ils virent une porte surmontée d'un cercle rouge. Tagaras plaça ses mains de chaque côté de son visage.

— Les Spectres! gémit-il. Ils sont là, dans leur cercueil! Oh, n'y allez pas! N'y allez pas!

Michel s'approcha de lui.

— Je ne pense pas qu'il y ait de danger, dit-il d'une voix rassurante. Il y a trois ans, Virginia et moi sommes venus ici, et il ne s'est rien produit.

Les yeux de Tagaras étaient exorbités.

— Parce qu'ils dormaient! Si les Spectres se réveillent... Oh, leur esprit est mauvais!

— Ils ne peuvent pas s'éveiller tout seuls, intervint Virginia. Ce sont des morts en sursis, rien d'autre.

Shade introduisit la clé dans la serrure électronique, et la porte coulissa à son tour.

Aucune lumière n'éclairait ce nouveau passage. Un rebelle alluma une lampe de poche et entra le premier. Des relents de produits pharmaceutiques flottaient dans l'air.

Le groupe s'avança avec prudence, évitant de faire le moindre bruit. Puis Tagaras laissa échapper une nouvelle plainte.

— Je sens l'esprit des Spectres, l'esprit de la haine! Il faut reculer, je vous en prie!

Pour le calmer, Michel passa un bras autour des épaules du vieil homme. Tagaras se tut.

Après une dizaine de mètres, le couloir débouchait sur une vaste salle entourée de terminaux d'ordinateur et d'appareils inconnus. Mais ce qui attira immédiatement leur attention, c'étaient les nombreuses boîtes métalliques en forme de cercueil alignées au centre de la pièce. Chacune de ces boîtes était reliée à un appareil par un réseau de tubes colorés.

Shade tendit les bras vers les sarcophages.

— Les voici donc tous, ces dictateurs qui nous gouvernent! Ils sont là, devant nous, aussi faibles et inoffensifs que des bébés. Nous n'avons qu'un geste à faire, et le Freedom State retrouvera sa liberté. C'est le moment ultime de notre révolution!

D'une voix remplie de haine, elle ajouta:

— Tuons-les!

— C'était donc ça, le but de votre expédition? s'exclama Virginia. Commettre des meurtres à la chaîne afin de succéder à ces zombies?

— Que pensiez-vous? Que nous rendions une visite de courtoisie à Swindler pour lui souhaiter bonne chance? Êtes-vous aussi naïfs, vous et votre ancien joueur de hockey? Une révolution ne se fait pas sans casser des oeufs, et ces monstres ont causé suffisamment de mal. Débranchons-les!

Durant cette brève altercation, Michel et Tagaras avaient échangé quelques mots à voix basse. Voyant que Shade se dirigeait résolument vers le premier sarcophage, le jeune homme s'interposa.

— Débrancher ces appareils ne vous servirait à rien, Shade.

La femme s'arrêta net et lui lança un regard où les reproches se mêlaient à la surprise.

— Pourquoi dites-vous cela?

— Parce que le vrai maître du Freedom State s'appelle David Swindler, vous le savez. Ceux qui reposent dans ces boîtes ne sont que des subalternes. Leur pouvoir est infime à côté du sien.

— Mais David Swindler se trouve parmi eux, dans une de ces boîtes! En les éliminant tous, nous éliminerons Swindler du même coup.

Michel Lenoir eut un rictus.

— Êtes-vous tellement naïve, Shade? Swindler dispose d'un trop grand pouvoir pour s'être lui-même abaissé au rang des autres. Swindler n'est pas dans cette salle, c'est impossible. Déjà quand j'étais sous ses ordres, son sarcophage n'était pas bêtement rangé ici. Il avait sa propre salle, son équipe de techniciens, ses employés à lui.

— Tu as raison, dit Virginia. Avant mon départ de la Nouvelle Ville, on chuchotait même que Swindler avait pris une forme différente.

— Ce sont des suppositions, répliqua Shade. Vous n'avez aucune preuve de cela.

Michel invita Tagaras à parler.

— C'est la vérité, affirma le vieil homme. Celui que vous cherchez n'est pas ici. Je sentirais sa présence.

— Vous vous rappelez, dit Michel, quand vous avez demandé aux Mages d'explorer en esprit la Forteresse, il y a quelques jours? Tagaras avait parlé d'un monstre, d'un être qui n'était plus du tout humain et qui détenait un pouvoir extraordinaire. Il s'agissait de David Swindler, évidemment.

Shade demeura un instant à réfléchir.

— Swindler n'est pas dans cette salle, dit-elle pensivement. J'aurais dû le deviner.

Retrouvant très vite son assurance, elle ajouta:

— Alors, il faut chercher l'endroit où il se cache et le détruire.

Elle se dirigeait déjà vers l'entrée de la salle, quand Tagaras intervint de sa propre initiative.

— Il n'est pas ici. Vous ne le trouverez pas. Je ne le sens pas.

Shade cessa de marcher. Elle attendait la suite.

— Le monstre n'est plus dans la Forteresse, déclara Tagaras.

— Continuez.

— Il a été transporté ailleurs. Il s'est enfui. La Forteresse est abandonnée.

— Ça expliquerait la facilité avec laquelle nous sommes entrés ici, dit Virginia. Si Swindler avait vraiment voulu défendre la Forteresse, nous serions certainement tous morts à l'heure actuelle.

Shade dodelina de la tête.

— C'est bon. Swindler parti, cela signifie qu'il nous concède la victoire. Il ne devinait sans doute pas que la rébellion était si bien organisée, pas plus qu'il ne prévoyait la réaction du peuple.

Sans montrer la moindre joie, elle fit signe à tout le monde de la suivre.

— Nous quittons la Forteresse. Je ferai part de cela au Conseil le plus rapidement possible.

Chapitre 10

Shade

Devant l'ampleur de la révolte populaire, David Swindler avait donc abandonné la Forteresse. Il avait quitté l'antre d'où il tissait autour du Freedom State un filet plus épais que l'ensemble des toiles d'araignées de tous les temps.

L'Entité symbiotique Swindler avait laissé derrière elle les autres morts vivants dans leur sarcophage, ses complices qui ne lui servaient plus, lambeaux d'un passé dont elle avait voulu émerger seule.

À Lost Ark, comme dans d'autres grandes villes du Freedom State, des combats faisaient encore rage. La population trop longtemps enchaînée avait obligé l'armée du pouvoir à refluer peu à peu. Gardiens, Sherlocks et machines de guerre s'étaient retirés. Rien n'avait été prévu toutefois pour sauver les Carabiniers en déroute, qui devenaient ainsi des offrandes aux Inactifs en colère.

La rébellion triomphait.

Même si la victoire était encore fragile, des secteurs entiers de Lost Ark étaient en fête.

Dans les quartiers de la Nouvelle Ville où les combats s'étaient tus, de joyeuses manifestations s'organisaient spontanément. Dans l'Ancienne Ville, la chasse aux Carabiniers devenait un jeu où la violence se noyait dans l'euphorie. Les Adorateurs de Kadar y invitaient les foules à de mortelles cérémonies de vengeance.

Partout les armes et la fureur avaient laissé des traces. Un désordre absolu régnait. Les quartiers pauvres n'étaient plus que des ruines.

On n'avait pas encore dénombré les morts entassés sous les débris ou gisant dans les rues. Il y avait trop à faire avec les innombrables blessés. Et l'Ancienne Ville comptait désormais des milliers de sans-logis supplémentaires.

Les officiers de la rébellion avaient installé leurs quartiers généraux dans un immeuble du gouvernement. Trois jours après le déclenchement de l'insurrection, le Conseil donna l'ordre aux rebelles armés de protéger les édifices publics, les usines et les centres de service contre le peuple survolté.

Un nouveau pouvoir prenait place.

Çà et là, un chant de triomphe déjà fameux s'élevait parfois au-dessus des fracas et des gémissements, entonné par des foules plus ou moins nombreuses:

Ton nom est noir, Michel.
Tes cheveux sont blancs.
Mais ton coeur pour nous, Michel,
A la couleur du soleil.

Ce refrain était souvent remplacé par un autre dont on découvrait le sens prophétique:

Il est là, le hockeyeur
aux cheveux d'ange,
Face au cyclope
aux immenses mains de sang.
Ses patins le soulèvent

au-dessus de l'ennemi grimaçant.
De son bâton fuse un éclair
et le monstre est terrassé.

Leur fureur destructrice n'avait pas fait perdre la mémoire aux citoyens de Lost Ark.

Pour ceux de l'Ancienne Ville surtout, Michel Lenoir était le principal artisan de la libération. N'était-ce pas lui qui leur était d'abord apparu sous forme d'hologramme, leur affirmant qu'ils avaient été trompés et que l'injustice n'était pas acceptable?

D'heure en heure, la rumeur s'amplifiait.

Pendant que les blessés criaient leur souffrance, que les cadavres pourrissaient sous les gravats et la poussière, pendant que l'écho des dernières explosions s'éteignait au loin et qu'une nouvelle vie s'organisait sur les décombres de l'ancienne, l'imagination populaire n'oubliait pas de rendre gloire à son dieu.

***

La porte de l'appartement s'ouvrit, et Michel Lenoir entra. Les rebelles qui l'escortaient se retirèrent.

Virginia Lynx vint à sa rencontre. En voyant son air soucieux, elle préféra attendre qu'il parle le premier. Michel lui sourit tristement, puis il s'assit dans un fauteuil. Virginia ne le quittait pas des yeux.

— Ils l'ont fait, dit-il. Malgré tout ce que Shade avait déjà entendu de ma bouche, ils ont osé.

— Que t'ont-ils demandé?

Une heure plus tôt, Michel avait été convoqué à une réunion du Conseil.

Deux rebelles étaient venus le chercher à l'appartement qui leur avait été assigné, à lui et à Virginia, après leur retour de la Forteresse. L'appartement faisait partie d'un immeuble de la Nouvelle Ville que le gouvernement provisoire avait réquisitionné pour loger les officiers rebelles.

Même s'ils pouvaient sortir presque à leur guise, à condition de ne pas trop s'éloigner et d'informer les gardes de leurs déplacements, Michel et Virginia ne s'illusionnaient pas. Ils se trouvaient en quelque sorte «en résidence surveillée».

— Ils m'ont demandé de remplir la fonction de président du Freedom State. Rien que ça.

— C'est une blague?

— Absolument pas. Ils ont dit que le peuple me voulait comme chef et qu'on me réclamait partout. Les rebelles sont incapables de rétablir l'ordre. La population est déchaînée. Il paraît que, dans l'Ancienne Ville, les Adorateurs de Kadar occupent d'anciens postes de Carabiniers et détiennent des gens en otages. Ils exigent que Michel Lenoir réapparaisse et que le pouvoir soit remis entre ses mains. C'est une folie contagieuse. En fait, c'est plutôt la folie d'avant qui continue.

— Quelle réponse as-tu donnée?

— Ils m'ont demandé de réfléchir un jour ou deux. Je crois qu'ils n'accepteront pas un refus.

Virginia s'assit à son tour.

— Si tu acceptais, quel serait ton rôle exactement?

— Ils n'ont pas énuméré les pouvoirs qu'ils voudraient bien m'accorder, mais je vois ça d'ici. Avec moi comme chef, la population se calmerait et l'ordre se rétablirait dans le pays.

Michel eut un sourire cynique.

— Je serais acclamé partout. Je donnerais des ordres et des conseils à mes chers concitoyens, et ils m'obéiraient, quoi que je dise. Évidemment, c'est le gouvernement provisoire qui me soufflerait mes discours. Après avoir été un guignol entre les mains de Swindler, je serais un bouffon entre celles des conjurés. Belle promotion.

Il y eut un silence. Virginia demanda après un moment:

— Ce gouvernement va rester provisoire pendant combien de temps? Est-ce qu'ils songent à organiser des élections un de ces jours?

— La question a été posée par un officier. Mais Shade est intervenue pour dire que le peuple n'était pas prêt. Les gens ont besoin d'être éduqués, guidés pendant un bout de temps. Il y aura des élections quand le pays ira mieux et que la population sera plus mûre. Voilà ce que Shade a dit, et tout le monde l'a approuvée.

— Je vois. C'était prévisible.

— Avant, la population du Freedom State était en cage. Maintenant c'est la liberté qui est enfermée.

Virginia baissa les yeux.

— Swindler et son armée existent toujours, dit-elle. Ils n'ont pas subi de trop lourds dégâts. Leur fuite n'était qu'un retrait stratégique, comme s'ils appliquaient un plan particulièrement vicieux et bien calculé. Je ne sais pas où Swindler s'est réfugié, ni quand il compte revenir. Mais il reviendra. Plus fort que jamais. Et son armée sera encore plus puissante.

— Je suis d'accord avec toi. Malgré les pertes, la victoire de la rébellion a été trop facile.

Michel se leva et marcha jusqu'à la baie vitrée qui occupait tout un côté de la pièce.

En face, un grand magasin aux vitrines fracassées était gardé par des rebelles. Parfois, quelqu'un s'approchait d'un des gardes, sans doute pour lui demander à quel moment le magasin ouvrirait ses portes.

Au loin, des édifices flambaient encore. Il fallait les laisser brûler parce qu'on manquait de pompiers volontaires. Plus loin encore, l'éternelle brume noire surplombait la zone des Faubourgs, au-delà de laquelle vivaient les Inactifs.

Les habitants de l'Ancienne Ville cultiveraient durant plusieurs jours l'espoir de voir réapparaître leur dieu. Puis, lassés d'attendre, ou déçus, ils verraient d'un oeil différent ces ruines dans lesquelles ils étaient dorénavant forcés de vivre.

Que se passerait-il ensuite? Pour désamorcer une nouvelle révolte, le Conseil serait-il obligé de former sa propre police ou même d'utiliser les robots qui dormaient dans les usines?

Virginia sortit Michel de ses réflexions.

— Que comptes-tu faire, en as-tu une idée?

— À propos de la demande du Conseil? Ma décision est prise depuis longtemps, Virginia. Je t'ai tout dit le jour où ma communauté t'a recueillie, tu te rappelles?

Tournant toujours le dos à Virginia, il se tut un instant avant de reprendre:

— Ni un dieu, ni un traître. Je suis Michel Lenoir, un homme comme les autres, un homme comme eux.

Puis il se retourna en disant:

— Depuis des années, je n'étais plus dans le camp de Swindler. Maintenant je ne suis plus dans le camp de Shade. Ma place est ailleurs.

— Ailleurs? Mais où?

— Je ne sais pas. Il s'agit de trouver.

Il la regardait gravement.

— Veux-tu venir avec moi, Virginia?

Quand la journaliste se redressa, l'expression de son visage ressemblait à un sourire.

— D'accord, Michel. Puisque nous allons tous les deux dans la même direction.

***

D'un pas rapide et autoritaire, Shade longeait la série de couloirs menant à son logis. Malgré le bon déroulement de cette deuxième réunion de la journée, elle était furieuse.

Le Conseil avait approuvé chacune de ses propositions. Le couvre-feu serait décrété dans tout le pays dès le lendemain. Si le calme ne revenait pas après cinq jours, la Loi martiale entrerait en vigueur. Il fallait aussi former des milliers de nouveaux soldats afin de sortir le Freedom State de la pagaille.

En outre, Shade avait proposé d'enfermer les Mages dans des camps spéciaux pour les empêcher de nuire. Elle les jugeait extrêmement dangereux. C'étaient des gens pacifiques, elle le savait, et ils lui avaient rendu d'énormes services durant l'insurrection. Mais leurs pouvoirs demeuraient mystérieux et incontrôlables. Il fallait les tenir à l'écart et les surveiller étroitement.

Ce qui la mettait en furie, c'était la disparition de Michel Lenoir et de Virginia Lynx.

Vers le milieu de l'après-midi, un garde était venu leur apporter de quoi manger. Il n'avait trouvé personne à l'appartement. Les recherches n'avaient rien donné: Lenoir et Lynx étaient restés introuvables.

Shade s'en voulait de ne pas avoir posté plus de gardes dans l'immeuble. Elle n'avait pas prévu le coup. Avec le désordre qui régnait partout en ville, elle n'aurait jamais imaginé que ces deux-là choisiraient de quitter le confort et la sécurité qui leur étaient offerts.

Où les chercher maintenant dans cette grande ville totalement désorganisée?

Virginia Lynx était redoutable. Elle l'avait prouvé maintes et maintes fois par ses articles. De plus, elle n'était pas étrangère aux changements survenus chez Michel Lenoir depuis trois ans. Un jour, elle avait semé une graine dans son esprit, et la graine avait germé.

À cause de la célébrité dont il jouissait partout, Michel Lenoir était, lui aussi, un adversaire terriblement menaçant. Nul ne savait ce que sa gloire pourrait lui rapporter s'il décidait de s'en servir.

Il fallait donc les éliminer tous les deux. Shade avait ordonné qu'on les abatte à vue.

Elle salua le garde debout devant sa porte, entra, puis ferma à clé.

Bien qu'elle ne soit pas fatiguée, elle s'étendit sur son lit. La fatigue faisait partie de ces sensations qui lui étaient étrangères. Inutile de fermer les yeux: elle ne dormirait pas.

Les officiers rebelles ignoraient sa véritable identité. Presque tout le monde l'ignorait. Sa présence parmi eux faisait partie d'une opération minutieusement calculée. Et le plan se déroulait à la perfection depuis le début.

Shade sourit.

Contrairement à ce que croyaient la plupart des gens, les robots de la dernière génération étaient capables de sourire.

Fin de la 2ᵉ partie

Table des matières

Achevé d'imprimer
sur les presses de Litho Acme Inc.
1er trimestre 1990